花與劍

馬森文集

劇作家透過充滿張力與哲思的空間，
探索人世的愛恨生死，允為二十世紀後期
台灣最具原創性的獨幕劇之一。

Sen Ma
創作卷
08

花與劍

秀威版總序

　　我的已經出版的作品，本來分散在多家出版公司，如今收在一起以文集的名義由秀威資訊科技有限公司出版，對我來說也算是一件有意義的大事，不但書型、開本不一的版本可以因此而統一，今後有些新作也可交給同一家出版公司處理。

　　稱文集而非全集，因為我仍在人間，還有繼續寫作與出版的可能，全集應該是蓋棺以後的事，就不是需要我自己來操心的了。

　　從十幾歲開始寫作，十六、七歲開始在報章發表作品，二十多歲出版作品，到今天成書的也有四、五十本之多。其中有創作，有學術著作，還有編輯和翻譯的作品，可能會發生分類的麻煩，但若大致劃分成創作、學術與編譯三類也足以概括了。創作類中有小說（長篇與短篇）、劇作（獨幕劇與多幕劇）和散文、隨筆的不同；學術中又可分為學院論文、文學史、戲劇史、與一般評論（文化、社會、文學、戲劇和電影評論）。編譯中有少量的翻譯作品，也有少量的編著作品，在版

權沒有問題的情形下也可考慮收入。

　　有些作品曾經多家出版社出版過，例如《巴黎的故事》就有香港大學出版社、四季出版社、爾雅出版社、文化生活新知出版社、印刻出版社等不同版本，《孤絕》有聯經出版社（兩種版本）、北京人民文學出版社、麥田出版社等版本，《夜遊》則有爾雅出版社、文化生活新知出版社、九歌出版社（兩種版本）等不同版本，其他作品多數如此，其中可能有所差異，藉此機會可以出版一個較完整的版本，而且又可重新校訂，使錯誤減到最少。

　　創作，我總以為是自由心靈的呈現，代表了作者情感、思維與人生經驗的總和，既不應依附於任何宗教、政治理念，也不必企圖教訓或牽引讀者的路向。至於作品的高下，則端賴作者的藝術修養與造詣。作者所呈現的藝術與思維，讀者可以自由涉獵、欣賞，或拒絕涉獵、欣賞，就如人間的友情，全看兩造是否有緣。作者與讀者的關係就是一種交誼的關係，雙方的觀點是否相同並不重要，重要的是一方對另一方的書寫能否產生同情與好感。所以寫與讀，完全是一種自由的結合，代表了人間行為最自由自主的一面。

　　學術著作方面，多半是學院內的工作。我一生從做學生到做老師，從未離開過學院，因此不能不盡心於研究工作。其實學術著作也需要靈感與突破，才會產生有價值的創見。在我的

論著中有幾項可能是屬於創見的：一是我拈出「老人文化」做為探討中國文化深層結構的基本原型。二是我提出的中國文學及戲劇的「兩度西潮論」，在海峽兩岸都引起不少迴響。三是對五四以來國人所醉心與推崇的寫實主義，在實際的創作中卻常因對寫實主義的理論與方法認識不足，或由於受了主觀的因素，諸如傳統「文以載道」的遺存、濟世救國的熱衷、個人的政治參與等等的干擾，以致寫出遠離真實生活的作品，我稱其謂「擬寫實主義」，且認為是研究五四以後海峽兩岸新小說與現代戲劇的不容忽視的現象。此一觀點也為海峽兩岸的學者所呼應。四是舉出釐析中西戲劇區別的三項重要的標誌：演員劇場與作家劇場，劇詩與詩劇以及道德人與情緒人的分別。五是我提出的「腳色式的人物」，主導了我自己的戲劇創作。

　　與純創作相異的是，學術論著總企圖對後來的學者有所啟發與導引，也就是在學術的領域內盡量貢獻出一磚一瓦，做為後來者繼續累積的基礎。這是與創作大不相同之處。這個文集既然包括二者在內，所以我不得不加以釐清。

　　其實文集的每本書中，都已有各自的序言，有時還不止一篇，對各該作品的內容及背景已有所闡釋，此處我勿庸詞費，僅簡略序之如上。

馬森序於維城，二○一○年七月二十三日

序

　　《花與劍》寫於一九七六年我在溫哥華英屬哥倫比亞大學撰寫博士論文的時候。寫論文是件累人的事，經過一整天沉潛在嚴肅的理論架構和種種參考資料中，到了晚上已接近筋疲力竭，很需要紓解一下僵滯的身心，於是我隨意寫一些可以展放心靈的東西，有小說，也有劇作；小說就是收在《孤絕》和《海鷗》兩書中的大部分作品，劇作就是《花與劍》了。因為我有修改寫成作品的習慣，一般都不會急於發表，不想那時聯經出版公司要出版我的劇作集，沒來得及等候發表就連同已發表過的其他劇作一起寄給了出版公司，遂成為我唯一未經發表而直接出書的一篇作品。

　　當時聯經出版公司為了慎重，曾將所有原稿寄給香港的名劇作家姚克審查。姚克原名姚莘農，那時在香港中文大學擔任中文系主任，過去曾在美國耶魯大學研究西方戲劇，抗戰時期回到上海參與當日上海的孤島劇運，撰寫過《清宮怨》、《楚

霸王》、《美人計》、《蝴蝶夢》、《西施》、《秦始皇》等一系列歷史劇,在戲劇界頗有名聲,有他來審查,出版社覺得放心。其實我跟姚克先生並非素昧平生,在文革早期我尚在巴黎的時候,根據他的劇作《清宮怨》改編的電影《清宮秘史》在中國大陸掀起「愛國」還是「賣國」電影的大辯論,矛頭雖然指的是當日的國家主席劉少奇(因為他曾稱讚《清宮秘史》為愛國電影),連帶使原作者姚克也成為辯論的焦點人物。姚克因為身在香港,當然無所恐懼,所以反倒因聲名大噪而頗為自得。他那時不知聽誰說我正在巴黎研讀戲劇和電影,於是寫一封長信來邀請我將《清宮怨》譯成法文。可惜恰巧我正接到墨西哥學院的邀請,準備行裝啟程赴墨,已沒有時間做別的事,只能替他轉為介紹一位法國友人擔此重任,所以我們雖未曾謀面,卻並非全不相識。姚克先生接到聯經公司的委託,馬上寫了一封熱誠的推薦函,稱讚我的劇作是很有價值的「前衛之作」,不過他也說可能早出了五十年,一般讀者不一定能接受。聯經出版公司自認為做為大企業的風範,不該計較銷路,應以出版品的價值為準,於是決定立刻出版,並告訴我姚克先生自薦替我寫一篇書序。我聽了以後反倒頗為躊躇了,因為姚克在中國大陸被批成賣國的大右派,我一向與大右派或極左派都保持距離,極不願自己的著作中有這樣的一篇序文,因而就

婉言拒絕了。不想此舉使姚克先生大怒，沒有歸還我的原稿就
不再理會，致使聯經公司失去了排印的底稿。聯經公司的總經
理劉國瑞先生一再寫信到香港追索書稿，都未獲答覆，只能向
我抱歉。後來聽說姚克先生離港赴美，就更難追尋了。後來幾
經周折，我又想盡辦法重新收集齊已發表的舊作（那時還不流
行影印），因此耽誤了一年多才使我的劇作集面世。

　　以上是我第一本劇作集遭受的波折，當然也是《花與
劍》所遭受的波折。出版以後果然銷路不佳，從一九七八年到
一九八七年九年中只銷掉一版而已。我本想收回版權，但聯經
公司願意重新出版，於是改名《腳色》，增加了兩篇作品再度
面世，沒想到居然銷路增長，又九年，到一九九六年由書林出
版公司接棒時竟銷出六千冊。以後書林又印了幾次，我已經不
清楚了。

　　書的銷路雖然不算好，但頗為劇評者看重，時常在戲劇
研討會中聽到對各劇的評論，尤以《花與劍》一劇特別受到青
睞。此劇一九八七年選入北京中國戲劇出版社出版林克歡主編
的《台灣劇作選》中；一九八九年又選入台北九歌出版社出版
黃美序主編的《中華現代文學大系・戲劇卷壹》；一九九三年
十一月北京《新劇本》第6期（總第60期）「93中國小劇場戲劇
展暨國際研討會作品專號」轉載。同年香港中文大學主辦「當

代華文戲劇創作國際研討會」，選擇《花與劍》為大會討論的
主要劇作之一。一九九七年由老朋友前倫敦大學中文系主任
卜立德（David Pollard）教授英譯，收入*Contemporary Chinese
Drama*（Hong Kong, Oxford university Press）一書。後來大陸
戲劇界慶祝中國話劇百年，又收入二〇〇六年田本相主編《中
國話劇百年圖史》（山西教育出版社）；二〇〇七年劉厚生等
主編《中國話劇百年劇作選》（北京中國對外翻譯出版社）及
二〇〇七年劉平著《中國話劇百年圖文志》（武漢出版社）等
書中。

　　我早期戲劇集中的劇作因為人物少，舞台簡單，但形式
前衛，非常適合傾向新意的校園劇團或戲劇系所的演出，所以
演出相當頻繁，其中尤以《花與劍》一劇為最，幾乎每年都有
幾次演出。但多半都未徵得作者同意，因此有的我看到報導獲
知，有的根本就不知道。譬如台灣藝術大學多次演出《花與
劍》，後來校方送我一本校刊記事曆，我可以查知。台北藝術
大學也演過多次，但我未見紀錄。文化大學戲劇研究所很早就
演出過，是汪其楣教授告訴我，並贈送了劇照，以後就不甚了
了。其他大學以及大陸劇社和戲劇院校的演出，我只是偶然聽
聞而已。香港呢，是自由貿易港，很多商品是無稅的，對著作
權並不重視，我的小說有香港出版社翻印（在台灣叫盜印），

在香港大會堂也偶然瞥見過《花與劍》的演出海報，但沒看過演出。真正徵詢我同意的只有一九八八年成功大學劇社、一九九一年高雄南風劇團、二〇〇四年美國芝加哥Bailiwick Repertory Director's Fest的英語版、二〇〇八年中山大學戲劇系的畢業製作和今年元月北京愛劇團的演出。但是我親身看到演出的不過三次：成大劇社、南風劇團和中山大學戲劇系而已。

　　《花與劍》是一齣看似簡單卻難演的戲，我留了很大的空白給導演、舞台設計和配樂，因此成為對他們極大的挑戰。首先演員的數目可以由兩人到五人不等，利用面具，導演可以自由設計。譬如成大劇社演出時是兩位演員分別扮演雙性的兒和母、父、母親的情人／父親的朋友、鬼；中山大學戲劇系演出時是三位演員分別扮演雙性的兒、母、父兼母親的情人／父親的朋友和鬼；北京愛劇團則用了五位演員分別扮演兒子、女兒、母、父、母親的情人／父親的朋友和鬼。因為演員的數目不同，所呈現的舞台結構和戲劇的張力就大相懸殊了。這正是我原來的用意，我不想由劇作家決定一切。

　　至於舞台設計和配樂，我只有提示，而未提供細節，因此每次演出由於各設計者不同的創意而顯示出不同的視覺圖景和聽覺效果。譬如成大劇社的演出舞台上有象徵性的手和墓，中山大學戲劇系的舞台則是懸掛面具的枯樹和房舍的剪影，北京

愛劇團演出的舞台則用了石塊和門。至於配樂，他們配得非常不同，但是各有特色，都有助於加強戲劇的效果。只是對烏鴉的叫聲，除了中山大學戲劇系在配樂中稍加處理外，其他演出均未善加利用。在我所見的演出中，也都未處理骷髏頭的鬼面表現（也許怕嚇到觀眾）；也未處理「太陽突然沉落，月亮飛升入天空，舞台的光色也忽然由黃昏的燦爛轉入月色的淒迷」的燈光效果（可能出於技術的問題）。後者我認為是此劇在終結前轉換舞台氣氛很重要的一項措施。

演員方面呢？也有極大的挑戰。如果是由兩個演員擔綱，一個必須演出男性的英挺和女性的嫵媚，另一個的聲域必須很廣，足以分別母、父、母親的情人／父親的朋友和鬼的區隔。面具的使用，主要是為分別同一演員扮演不同人物的道具。南風劇團演出時主要演員未戴面具，卻出現一群戴面具的儀隊，這是導演的別出心裁。劇中的對話，並非日常應用的大白話，有些句子是押韻的，聽起來像詩，但也並非完全是詩劇。過去我看過的詩劇，用詞太過艱深，不易入耳即化，這是我盡量避免的；有的又太過文藝腔，聽起來會使人皮膚起慄，這更是我要避免的。此劇之所以經常上演，足證劇中的語言尚可為人接受。

劇中複雜的親子情結，可能是吸引表演者和觀賞者的另

一原因。我所提出過的「腳色」理論，主要就是基於親子間的腳色扮演，《花與劍》也不例外。其實人在社會中的腳色，不過是親子間腳色扮演的延伸、擴展和折射而已。至於性別的議題，卡洛・榮（Carl Jung）早說過男性心中有一個女性的心靈(anima)而女性心中也有一個男性的心靈(animus)，所以雙性的兒的呈現並非沒有心理學的依據，只是以前的舞台上沒有出現過而已。

　　我總以為戲劇的主要目的並非在教化，（在教育普及的當代誰有資格去教化別人呢？）也非純在娛樂，而在於探索人類深層的心靈，正如科學的探索外在的宇宙一樣地無限而使探索者興致勃勃。希臘悲劇把焦點放在親子之間的情仇上，強調人性中的殘酷，進而促使觀者的心靈獲得淨化與昇華。阿赫都（Antonin Artaud）的「殘酷劇場」在理論上認為非殘酷的事件根本不值得搬上舞台。其目的也都在探索人類心靈的深層架構。只是我不認為通過殘酷的事件是唯一的道路。人與人之間的關係種類繁多：有愛，有恨，有寵，有怨，有施虐，有被虐，有羨慕，有嫉妒，有關懷，有排斥，有寬諒，有敵對……這種種的情緒都深藏在每個人的心靈中，主導著人一生的行為。至於其根源無不深植在幼年與父母、同胞之間交接時所留存的烙印中，進而形塑成一個人的性向與作為。親子之間的關

係是解開人間問題的一把鑰匙。我的「腳色」理論就由此出發，《花與劍》正是此一理論在藝術化的舞台呈現中較有風格的一齣。

　　風格代表一位作者的性向，也代表一種時代風尚，但是文學與藝術的風格卻不能像科技發明一樣地申請專利，獨自擁有。正相反，歡迎與他人共享，以期促成人類藝術的蓬勃發展。我後來發現自從一九七八年《花與劍》出版以來，經過在國內外的出版、轉載和頻繁演出後，已經有不少風格近似的作品出現在各地的舞台或銀幕上。譬如我從未謀面的香港導演王家衛的電影，特別是《東邪西毒》一片，就運用了類似的語言和人物。還有我所認識的新加坡劇人郭寶崑，在他的《靈戲》一劇中，也可聽到《花與劍》式的語言，看到《花與劍》式的舞台和人物造型。當然並不能認為他們一定受過《花與劍》的影響，也可能是藝術靈感的偶合現象，這至少說明《花與劍》的藝術形式在戲劇發展的大潮流中並非孤立的。

　　　　　　　　　　　馬森誌於維城二〇一一年五月八日

演出檔案

演出時間	演出單位	導演	獲獎
1980年 12月15日至24日	台灣藝術學院 戲劇系	馮興華	最佳演出獎 最佳導演獎 女演員特別獎： 崔長華
1983年 12月15日至28日	台灣藝術學院 戲劇系	楊廷益	最佳舞台設計： 簡佑明 最佳燈光：楊廷益
1988年4月	成功大學劇社	李孝文	大專戲劇比賽首獎
1989年3月	台灣藝術學院 戲劇系	劉育民	優秀女演員獎： 洋縷芸
1991年11月	高雄南風劇團	劉克華	
1992年 3月3日至5日	台灣藝術學院 戲劇系	吳聖文	優秀女演員特別獎： 陳怡均 最佳服裝獎：陳怡均
2004年 5月4日至5日	Bailiwick Repertory Di- rector's Fest of Chicago	Dora Chang （張筱琪）	
2008年5月	中山大學 戲劇系	陳勃宏	年度畢業製作
2011年 1月12日至16日	北京愛劇團	藝術總監：林陰宇 導演：曹曦	

劇照

1980年文化大學藝研所演出海報

一九八八年成大劇社演出節目單

創作群

劇　　　本：馬　森
導　　　演：李孝文
舞台監督：吳勝男
場　　　記：黃又新
演　　　員：吳榮泰
　　　　　　喻月玲
造型設計：黃怡仁
化　　　粧：涂盈嘉
宣　　　傳：朱文明
舞台設計：廖顯文
佈景製作：廖顯文
　　　　　　孫彬啓
　　　　　　林義發
　　　　　　洪棟霖

一九八八年成大劇社演出節目單-2

燈光設計：江佩珊
配樂設計：嚴上昊
　　　　　江佩珊
　　　　　馮曾文
特刊編輯：江俊毅
封面設計：朱文明
插　　畫：孽孝文

一九八八年成大劇社演出節目單-3

一九八八年成大劇社演出舞台設計

一九八八年成大劇社演出劇照-1

一九八八年成大劇社演出劇照-2

一九八八年成大劇社演出劇照-3

一九九一年南風劇團演出劇照-1

・兒：「丘立安是丘立葉的哥哥，他說他愛我。」
　母：「你也愛上了他。」

——花與劍——

一九九一年南風劇團演出劇照-2

一九九七年牛津大學出版社出版之英譯《花與劍》封面

二〇〇四年在美國芝加哥演出之海報

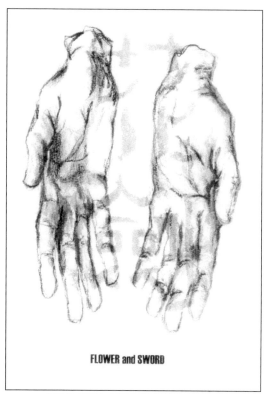

FLOWER and SWORD

二〇〇四年在美國芝加哥演出之海報-2

FLOWER AND SWORD (by Ma Sen)

Director: Dora Chang
Costume and Scenic Design: Carl Johnson
Lighting Design & Stage Manager: Kate Ducey
Original Music/ Sound Design: Christine Liu
Assistant Director: Stacey Atkins
Public Relations: Robert Solis

Cast:
Katie John...CHILD
Katie Clothier...MOTHER
Matt Edwards...FATHER
Jordan Smith...LOVER
Megan Goldkamp...CHILD SHADOW

Director Note
Ma Sen, the playwright is an authoritative figure in Chinese theatre society; his efforts and input on experimental theatre began in the 1970s, and has influenced many avant-garde theatre artists in Taiwan. The issues addressed in this play include gender confusion, self-distortion, love, hatred, and so many questions based on 'are we capable of loving ourselves?' and 'what do we really know and perceive?' and continue to explore themselves as we unveil this play layer by layer. As simple as it may seem, this is a very powerful play, which haunts us as it guides us through a journey of self-exploration. This play translated from the Chinese text, with specific use of the Sichuan Opera's mask technique. However, we are going to discard the masks in favor of casting multiple actors. With a minimal stage in mind, we will explore the space with fabric, music and movement. With the collaboration of Christine Lu (Original Music Composer/ Sound Design), Kate Ducey (Lighting Design) and Carl Johnson (Visual Scenic and Costume Design), "Flower and Sword" definitely intend to explore, experiment, and challenge the boundaries of theatre with this piece.

FLOWER AND SWORD was made possible through the generous assistance of Northwestern University and the Taipei Economic and Culture Office in Chicago

二〇〇四年芝加哥演出之節目單

World Journal 世界日報 May 8, 2004

芝城第十六屆「Bailiwick Repertory Director's Fest」新銳導演應邀參展

張筱琪舞台劇 花與劍廣獲好評

【本報記者陳嘉倩芝加哥報導】將於6月取得西北大學戲劇碩士的新銳導演張筱琪，日前應邀在「Bailiwick Repertory Director's Fest」推出改編自作家馬森劇作的舞台劇「花與劍」，演出後廣受好評。

張筱琪表示，未來她希望能把更多華裔作家作品搬上舞台，讓芝加哥的劇場表演更多元化、更有趣。

在芝加哥享有盛名的「Bailiwick Repertory Director's Fest」今年已是第十六屆，張筱琪是透過網路徵選，成爲本屆應邀參展的五位導演之一。

張筱琪指出，芝加哥的劇場發展仍相當傳統，大多仍以白人爲主，因此她一直想把台灣作家的作品帶來芝加哥，當她在圖書館發現馬森的作品「花與劍」後，認爲簡直是「天下掉下來的禮物」，因爲這齣劇不僅符合她對於「回憶、抽象夢幻」的個人偏好，佈景、服裝都十分簡單，連演出時間都恰到好處。

「花與劍」是馬森 1977 年的作品，劇情描述一位年輕女子返鄉探視父親的墓地，一幕幕的往事和現實生活交雜出現在她面前。原著中，馬森運用四川戲劇臉譜技巧，讓劇中五位主人翁的角色，透過兩位演員呈現。但張筱琪則選擇了五位演員在時空交錯的劇情中，訴說一個沒有標準答案的故事，給予觀者無限的省思空間。

除了經公開徵選脫穎而出的三位西北大學學生及兩位專業演員擔綱演出外，張筱琪還網羅了現在西北大學作曲系華裔大二學生劉郁如擔任音樂設計，因此在這齣以英語發音的舞台劇中，可以聽到「綠島小夜曲」等中文歌曲。

就張筱琪個人而言，這齣戲主要傳導的訊息，除了父母親對子女的影響外，也在提供大家反思「自己到底要的是什麼」的空間？詮釋手法相當特別，有觀衆在看完戲後，興奮握著張筱琪的手說，很高興能看到這麼不一樣的舞台劇，並期盼她能介紹更多不同作品給觀衆。

現年 27 歲的張筱琪，從小就熱愛戲劇，高中時就曾導過戲，大學雖然念的是政大外交系，但來美深造，她還在選擇了自己最愛的戲劇。雖然還沒正式拿到學位，但她已加入芝加哥「 Walk About Theater 」工作團隊。今年 4 月，她並獲聘成爲該團隊的正式成員。

對於「花與劍」的受歡迎，張筱琪表示，有機會的話，她希望能讓該劇在劇場公開映演，至於介紹更多的華裔作家作品給芝城觀衆，則是她下一步目標。

「花與劍」演出獲得駐芝台北經文處贊助，經文處教育組組長吳宗賢等人，也前往觀賞。

⬇華人導演張筱琪（中）在「Bailiwick Repertory Director's Fest」推出舞台劇作品「花與劍」。左為該劇服裝及佈景設計 Carl Johnson。右為原創音樂設計劉郁如。（本報記者陳嘉倩攝）

二〇〇四年芝加哥演出《世界日報》之報導

中山大學戲劇系-01

中山大學戲劇系-02

中山大學戲劇系-03

中山大學戲劇系-04

中山大學戲劇系-05

中山大學戲劇系-06

中山大學戲劇系-07

中山大學戲劇系-08

中山大學戲劇系-09

中山大學戲劇系-10

中山大學戲劇系-11

北京愛劇團-01

北京愛劇團-02

北京愛劇團-03

北京愛劇團-04

北京愛劇團-05

北京愛劇團-06

北京愛劇團-07

北京愛劇團-08

北京愛劇團-09

北京愛劇團-10

北京愛劇團-11

北京愛劇團-12

北京愛劇團-13

北京愛劇團-14

北京愛劇團-15

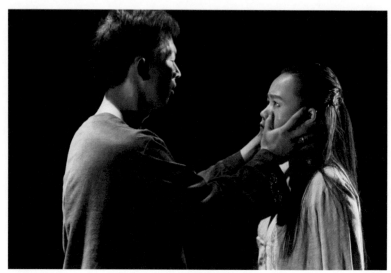

北京愛劇團-16

北京愛劇團-17

北京愛劇團-18

北京愛劇團-19

花與劍

景：舞台中部左右各有一墳。墳前各有一樹，枝葉繁茂。兩墳
　　之間在舞台後方較遠處有一小茅屋。茅屋前煙霧繚繞，看
　　不太清楚。更遠處可見遠山及樹林。

時：近黃昏，在太陽下山前後。天空有燦爛的晚霞，偶有幾隻
　　歸鴉在空際掠過。

人物：

鬼——著黑色或褚色毛質或棉質長袍。不是晚近的那種，是清
　　朝以前中國傳統男人所著的那一類。中間以粗繩束腰，
　　下穿草鞋。著面具。面具共有四層：

第一層（母）：作老婦人狀，但不甚老，嘴角略顯悲悽，面色
　　以奶黃為主，配以粉紅，略如京戲中青衣之化粧，但兩
　　頰沒有那麼紅，且不用吊眼眉。

第二層（父）：儘量使其與演兒的化裝近似。

第三層（父親的朋友）：如劇中所說者，明眸、皓齒、黑鬚。

第四層（鬼）：為一骷髏頭。

此腳色，以男女演員飾演均可。

FLOWER AND SWORD

Setting: There is a grave to the right and another to the left of center stage. Next to each grave there is a tree in full bloom. Between the graves, to the rear of the stage, there is a small cottage. The cottage is wreathed in mist, and can be seen only dimly. In the further distance there is a background of mountains and woods.

Time: Dusk. In the sky there is a brilliant sunset glow; from time to time crows returning to their nests flit across the space.

DRAMATIS PERSONAE

THE GHOST, wears a long black or brown gown of cotton or wool, of the kind that men used to wear before the Qing dynasty. The gown is tied at the waist with a cord. The ghost wears straw sandals, and a mask with four layers:

Outer layer (MOTHER), gives the appearance of an old lady, but not too old; her mouth is marked by suffering; her complexion is creamy overall, with pink highlights, something like the make-up for the respectable young women is Peking operas, but not as red on the cheeks, and without the slanting eyes and eyebrows.

Second layer (FATHER), his appearance should be as close as possible to that of the CHILD.

Third layer (FATHER'S FRIEND), as described in the play: bright eyes, white teeth, black beard.

Fourth layer (GHOST), a death's head.

兒──著淺藍或白色絲質長袍，以同色之絲帶束腰。長髮，不
　　著面具。約二十六、七歲。無性別。化粧、服裝均須予
　　人以青春純美之感。以男女演員飾演均可，但須兼有男
　　性之英挺與女性之嫵媚。

幕開時，鬼著母面具（以下根據所著面具稱之）站在舞台前中
央作默禱狀。一烏鴉呱呱掠過。母仰望天空，作追擊狀，口中
作「唑唑唑！」聲。旋，瞭望遠處，以手勢作驚訝狀。

兒　（見母趨前）請問這位大娘，這裡可是雙手墓？

母　（打量兒）你問的可是左手執花、右手執劍的雙手？

兒　（吃驚地）正是！這位大娘怎麼知道左手執花、右手執
　　劍？莫非……你是母親！

母　（不語）

兒　（端詳母，然後急速趨前，疑惑地）你是母親？

母　（仍不語）

兒　我看出來了，（趨前擁母）你是母親，母親，我的母親！

母　你為什麼回來？

兒　（略感失望地放開母）我也不知道。

母　我不是告訴過你不要回來囉？一生一世也不要回來囉？

THE CHILD, wears a light blue or long white gown of silk, with a matching silk sash; long hair, no mask; aged 26 or 27; could be either sex. Make-up and clothing should give one the impression of youth and beauty. Can be played by an actor or actress, but should combine the valour of a man and the alluring charm of a woman.

When the curtain opens, the GHOST wearing MOTHER's mask (hereafter the GHOST will be named according to the mask it is wearing) is standing downstage center in an attitude of silent prayer. A crow flies over, cawing. MOTHER looks up to the sky, and makes as if to chase it away, calling 'Shoo, shoo, shoo!'. Then she looks into the distance, and gestures in surprise.]

CHILD [sees MOTHER and approaches her] Excuse me, madam, would this be the Two Hand Grave?

MOTHER [looks CHILD up and down] By Two Hand you mean the left hand holding a flower, the right hand holding a sword?

CHILD [taken aback] Why yes! [Aside] How could she know that the left hand held a flower, the right hand held a sword? You must be…you must be…you are my mother!
[MOTHER does not speak.]
[looks closely at MOTHER, then approaches her quickly, speaking doubtfully] Are you my mother?
[MOTHER still does not speak.]
I am sure now! [Goes forward and embraces her] Yes, you are mother, mother, my mother!

MOTHER Why have you come back?

CHILD [somewhat crestfallen, lets MOTHER go] I don't know.

MOTHER Didn't I tell you not to come back? Never to come back as long as you lived?

兒　是！我仍然記得你的話，記得你那冰冷的聲音。一想到
　　你說話的那種模樣，我就會渾身發抖，再也不想回到這
　　裡來。

母　可是你為什麼又回來了呢？

兒　我也不知道。真的，我也不知道。這些年來我走了不少國
　　家，遇見了不少人，也經歷了不少事，可是冥冥之中似乎
　　老是一個聲音低低地對我說：「回去吧！回去吧！回到你
　　父親埋葬的地方！」

母　（冷冷地）所以你就回來了？

兒　（不安地）母親，請你不要再責備我！我知道我是不應該
　　回來的。可是有一種力量拉著我、拖著我，一定把我拽到
　　這裡來。這些年來，你不知道我掙扎得有多麼苦。那個聲
　　音總在我耳邊似泣似訴地說：「回去吧！回去吧！回到你
　　父親埋葬的地方！」

母　（突然切齒地）那是他的鬼啊！（聲調又轉平淡地）我不
　　是告訴過你，不管多麼苦，多麼難，你都得支持下去，不
　　要回來，千萬不要回到這裡來！

兒　啊，母親！我試過，我試過了種種的法子，可是終於抵不
　　過那聲音的力量，我還是要回到這裡來，好像是命定了要
　　回到這裡來，一點法子也沒有！

母　（無可奈何，太息地）唉！難道真讓他說中了？二十年，
　　二十年以後，你又回到這個老地方來！

CHILD　　You did! I still remember your words, remember the icy tone of your voice. Whenever I thought of those words of yours I shuddered and gave up all thought of coming back here.

MOTHER　Then tell me why you came back all the same.

CHILD　　I don't know, I really don't know. In the years I was away I went to many countries, met a lot of people and had a lot of experiences, but through all this there seemed to be a voice from the deep that kept whispering in my ear, 'Go back! Go back! Go back to where your father is buried!'

MOTHER　[coldly] And that's all you came back for?

CHILD　　[perturbed] Mother, don't reproach me! I know I shouldn't have come back. But there was a kind of force drawing me, pulling me; it wouldn't give up until it had dragged me back here. You don't know what a fearful struggle I've put up these last few years. That voice kept nagging me, whispering in my ear, 'Go black! Go back! Go back to where your father is buried!'

MOTHER　[gnashing her teeth] That was his ghost! [Calms down] Didn't I tell you? However hard, however painful the going was, you had to stick it out, and you were not to come back, not now, not ever!

CHILD　　Oh mother, God knows I tried. I tried everything, but in the end that voice was too strong for me; I had to come back here, as if it was written in my fate that I should come back, and there was nothing I could do about it.

MOTHER　[sighs helplessly] Ah! So he is proved right. Twenty years, twenty years on, you have come back to where you started from!

兒　可不是二十年了？（又趨前擁母）母親，母親，我差一點
　　認不出來是你。記得你是那麼年輕、漂亮。（雙手執母雙
　　臂，再端詳母。）

母　（平靜地）現在老了！

兒　也不能算老，只是沒有我記憶中的那麼年輕。

母　（沉思地）歲月催人老啊！你離家的時候（用手比著）才
　　這麼高，現在已經這麼高了。

兒　母親，你看，這不是你替我做的袍子？我今天特別穿上，
　　回到雙手墓來。

母　這不是我替你做的，是你父親的遺物。

兒　（驚訝地）我父親的遺物？我還以為我父親的遺物只有花
　　與劍，再也沒有別的了。

母　不！這是在花與劍以外，唯一的一件遺物。你離家的時
　　候，我不是告訴過你嗎？等到了二十歲，你的身材就長得
　　跟你父親一樣高了。那時候，你就可以穿起這件袍子。

兒　可是我從來就沒有穿過。你看，還是嶄新的。這麼好的料
　　子，這麼好的手工，我捨不得穿。我要等到回到雙手墓的
　　那一天再穿，好叫你一眼就認出我來。

母　可不是嚜，我一眼就認出了這件袍子，只是我料不到你竟
　　長得這麼高了！

CHILD   True, it's been twenty years. [Goes forward again to embrace MOTHER] Mother, mother, I hardly recognized you. I remembered you as so young, so pretty. [Holds MOTHER at arm's length, looks her up and down again]

MOTHER   [calmly] And now I'm old.

CHILD   Not really old, just not as young as I remembered.

MOTHER   [reflects] Time leaves its mark! When you left home [Gestures] you were only so high, now you are so tall.

CHILD   Look, mother, this is the gown you made for me. I wore it specially today, to come back to the Two Hand Grave.

MOTHER   I didn't make it for you; it was once your father's.

CHILD   [surprised] My father's? I thought he left only two things behind, the flower and the sword, nothing else.

MOTHER   No, this is the one thing he left, besides the flower and the sword. Didn't tell you when you left home? By the time you were twenty, you would be as tall as your father; then you could wear this gown.

CHILD   I have never worn it, though. Look, it's still brand new. I couldn't bring myself to wear it, the material and the workmanship were so good. I decided not to wear it until I returned to the Two Hand Grave, so that you would be able to tell at a glance that it was me.

MOTHER   You were right, I did recognize the gown at a glance, but I never thought you would have grown so tall!

兒　二十年了啊，母親！

母　二十年了，整整的二十年了！

兒　二十年來，你一直住在這兒？從沒有離開過雙手墓？

母　從沒有離開過。我怎麼能離開呢？這裡埋著你父親的雙
　　手，（指左邊的墳墓）一邊是左手，（指右邊的墳墓）一
　　邊是右手。

兒　（撫摩著自己的手）父親的手。除了父親的手，我一點也
　　不記得父親的模樣。　在我的記憶裡，好像只有父親的手。
　　母親，父親到底是個什麼樣子？

母　（端詳兒）你為什麼要問這個？

兒　因為……因為……我要知道我有一個父親，一個完整的父
　　親，而不只是一雙手。母親，人人都有一個父親是不是？
　　為什麼我不能有一個父親？

母　你本來有一個父親。

兒　可是為什麼除了他的手，我一點都不記得他的模樣？

母　因為他很忙，他在寫他的書。

兒　對，我記得，他是在寫他的書。他永遠不停地在寫他的
　　書。我敲門的時候，他只把門開一條細縫。門裡黑洞洞
　　的，他伸出他的手來，撫摩一下我的頭，然後又把門關起
　　來。除了他的手，我真不知道他是誰。母親，他有沒有抱
　　過我？

CHILD　　It's been twenty years, mother!

MOTHER　Twenty years, all of twenty years!

CHILD　　Have you been here all these years? You've never left Two Hand Grave?

MOTHER　Never. How could I leave? Your father's two hands are buried here, [Pointing to the grave on the left] one on this side, [Pointing to the grave on the right] the other on that side.

CHILD　　[rubbing his/her own hands] Father's hands. Apart from father's hands, I don't remember what he looked like at all. I can only see fathers' hands in my mind's eye. Mother, what did father look like?

MOTHER　[scrutinizes CHILD closely] Why do ask?

CHILD　　Because…because…I want to know that I had a father, a whole person, and not just a pair of hands. Mother, everyone has a father, don't they? Why can't I have a father?

MOTHER　You did have a father.

CHILD　　But why don't I remember what he looked like, apart from his hands?

MOTHER　Because he was very busy. He was writing his books.

CHILD　　That's right, I remember, he was writing his books. He was never-endingly writing his books. When I knocked at his door, he would just open the door a crack. It was all dark inside. He would stretch out his hand and stroke my head. Then he would close the door again. I didn't know who he was, I only knew his hands. Mother, did he ever hold me in his arms?

母　抱過是抱過的。那時候你還小，怕不記得了。

兒　可是打我記事的時候起，他就沒有再抱過我，他也沒有跟我玩過什麼。我多麼盼望有一天父親也會帶我去散散步，像我看見別人的父親一樣，把手放在你的肩上，或者摟著你的腰，親親熱熱的。我也盼望父親跟我一塊兒跳繩、下棋、騎自行車……可是什麼也沒有。我從小就不知道怎麼個玩法，我只呆呆地看著別人的孩子又跳又叫。我自己不會玩，也不想玩，因為我心中想著父親……

母　他很忙，他有他自己的事，他寫他的書。

兒　我知道他很忙。每一個父親都很忙，可是每一個孩子都想著他的父親，盼望著父親把他抱在膝上，摟在懷中，親親熱熱的。母親，有時候我懷疑是否真有過一個父親。

母　當然你有過一個父親。

兒　可是他的樣子那麼模糊，除了他的手……

母　你不是有他一張照片嗎？

兒　你是說他唯一的那張照片？左手拿著一朵花，右手扶著一把劍的那張？我離家的時候你放在我手裡的？

母　就是。

MOTHER Yes, he did. You were very small then, you probably don't remember.

CHILD But as far back as I can remember he never held me in his arms again, never played with me. I so much hoped that one day father would take me for a walk, like I had seen other fathers do, and would put a hand on my shoulder, or around my waist, as if we were pals. I longed too for father to join me in skipping, playing chess, bike riding… but he never did. I didn't know how to play when I was small, I just stood there by myself watching other children jumping about and shouting. I didn't know how to play, and I didn't want to, because all I thought about was my father.

MOTHER He was very busy, with his own affairs: he was writing his books.

CHILD I know he was very busy. Every father is very busy, but every child needs his father to take him on his knee, cuddle him, be loving. Mother, I sometimes doubt that I ever had a father.

MOTHER Of course you had a father

CHILD But my impression of him is so vague, apart from his hands….

MOTHER Haven't you got a photograph of him?

CHILD You mean the one and only photograph of him? The one with him holding a flower in his left hand, a sword in his right hand? The one you placed in my hands when I left home?

MOTHER Yes.

兒　母親，那時候我年紀還小。我坐在離國的海船上，手裡就玩弄著那張照片。忽然一陣海風把它吹到海裡。要是現在，我會奮不顧身地跳下海去，把它撈回來。可是那時候我年紀太小了，我只怔怔地望著海浪把它捲去。從此以後我就再也想不起父親是什麼模樣。我只記得他的手，左手拿著一朵花，右手扶著他的劍。

母　花和劍都是你父親給你的遺物。

兒　也許因為我有父親的花和劍，所以我才記得那一雙執花執劍的手。

母　這兩樣東西你是不是還帶在身邊？

兒　噢，母親，你不說這是給我愛人的禮物嚦？

母　是你父親生前這麼說過的。

兒　所以我一直帶在身邊，直到我遇到了丘麗葉。

母　誰是丘麗葉？她是外國人嚦？

兒　是。我走過了幾十個國度，才遇到一個我真正愛上了的女孩。她有金色的髮，碧藍的眼睛。她的皮膚像雪一樣的白，油一樣的滑，蜜一樣的香甜。但更重要的是她說她愛我。我們對坐著，她把她的手放在我的手中，我把我的手放在她的手中；我望著她的眼睛，她望著我的眼睛。我們這麼對坐著，整日不說一句話。

母　你愛上了她？

CHILD I was still very little then, mother. I was toying with that photograph while I sat on the deck of the ship as it sailed away. Suddenly a gust of wind blew it into the sea. If it were now, I would jump into the sea without a second thought and retrieve it. But then I was too little: I just watched in horror as the waves carried it away. From then on I could never remember what father looked like. I only remembered his hands: the left hand holding a flower, the right hand holding a sword.

MOTHER The flower and sword are what your father left you.

CHILD Perhaps it was because I had the flower and the sword that I remembered the hands that held them.

MOTHER Do you still have those things?

CHILD Mother, didn't you say I was to give them as a present to my lover?

MOTHER It was your father who said that before he died.

CHILD So I kept them with me, right up to when I met Juliet.

MOTHER Who is Juliet? A foreigner?

CHILD Yes. I traveled across dozens of lands before I met a girl I really loved. She had golden hair and sea-green eyes. Her skin was as white as snow, as smooth as silk, as fragrant as honey. But the main thing was she said she loved me. We sat facing each other, her hand in mine, my hand in hers. I looked into her eyes, she looked into my eyes. We sat like that, never saying a word all day.

MOTHER You fell in love with her?

兒　我愛上了她，深深地愛上了她。所以我把父親的花送給了
　　她。那朵花早已枯萎了，可是仍然有一股奇異的香氣。

母　你沒有娶她？

兒　我想我會娶她，要不是我又遇見了丘立安。

母　誰是丘立安？

兒　丘立安是丘麗葉的哥哥。他有黑色的髮，黑色的鬚，他騎
　　著一匹高頭大馬。他的皮膚叫太陽曬成棕銅色，他笑的時
　　候便露出一嘴潔白的牙，他的眼睛亮得像暗夜的明星。他
　　說他愛我。

母　你也愛上了他？

兒　是，我愛上了他，發瘋地愛上他。所以我把父親的劍送給
　　了他。那把劍雖然已經生了綠銹，但仍然相當鋒利。

母　你沒有嫁他？

兒　我想我是會嫁他的，要是沒有丘麗葉。

母　你不知道應該愛誰？

兒　我不知道。要是我娶了丘麗葉，丘立安會傷心死的。要是
　　我嫁了丘立安，丘麗葉也不會活。

母　所以你沒法選擇？

兒　唉！母親，愛情原來是這麼痛苦！為什麼只能愛一個？

母　可憐的孩子，你真是你父親的孩子！

CHILD   I fell deeply in love with her. So I gave father's flower to her. It had long before faded, but it still had a striking scent.

MOTHER You didn't settle down with her?

CHILD   I think I would have stayed with her, if I hadn't met Julian.

MOTHER Who is Julian?

CHILD   Julian is Juliet's brother. He had black hair, a black beard, and rode a big horse. His skin was tanned bronze by the sun. When he laughed he showed a set of pure white teeth, his eyes were as bright as the stars at midnight. He said he loved me.

MOTHER You fell in love with him too?

CHILD   Yes, I fell in love with him, madly in love. So I gave father's sword to him. The sword was green with age, but it was still very sharp.

MOTHER You didn't settle down with him?

CHILD   I think I would have stayed with him, if it wasn't for Juliet.

MOTHER You didn't know who to love?

CHILD   No. If I stayed with Juliet, Julian would die of grief. If I stayed with Julian, Juliet would not live long, either.

MOTHER So you couldn't choose between them?

CHILD   Oh, mother, love is such a painful thing! Why can we only love one person?

MOTHER Poor child, you really are your father's child!

兒　母親，為什麼？為什麼……為什麼你這麼說？

母　孩子你不該回來。你絕不該不聽我的話回到這裡來！

兒　我並不想回來，可是我耳邊那個聲音對我說：「回去吧！回去吧！回到你父親埋葬的地方！」因為不回來，我實在無法生活。

母　為什麼無法生活？你要是愛丘麗葉，你就跟丘麗葉過；你要是愛丘立安，你就跟丘立安過。

兒　兩個我都愛，我怎麼能跟兩個一起過？啊，母親！要是我只有父親的花，我就不會去愛丘麗葉；要是我只有父親的劍，我就不會去愛丘立安。可是我不懂為什麼父親一手執花一手執劍，又把兩樣都給了我？

母　（急躁不安地）不要問這個！不要問這個！

兒　我要知道！我要知道，母親！不然，我沒法子生活！

母　（逃避地）不要問這個！不要問這個！

兒　母親，那個聲音終日在耳邊對我說：「回去吧！回去吧！回到你父親埋葬的地方！」我回來的目的，就是要弄清楚這些。（過去揪住母親的衣袖）

母　（憤怒地摔開兒的手）放開我！放開我！你回來就為了問這個？

兒　（進逼地）不錯，母親！我還要問，父親是怎麼死的？為什麼他只有兩隻手埋在這裡？一隻在左、一隻在右？

CHILD   Why do you say that, mother? Why, why?

MOTHER You shouldn't have come back, child. You should have obeyed me and not come back here, not ever!

CHILD   I didn't want to come back, but that voice was saying in my ear, 'Go back! Go back! Go back to where your father is buried!' If I hadn't come back, I couldn't have gone on living.

MOTHER Why? If you loved Juliet you could have settled down with her; if you loved Julian you could have settled down with him.

CHILD   I love them both: how could I settle down with both of them? Oh mother, if I had just had father's flower, I would not have loved Juliet; if I had just had father's sword, I would not have Loved Julian. I don't understand why father should have held a flower in one hand and a sword in the other—and given me both.

MOTHER [agitated] No, don't ask that question! Don't ask that!

CHILD   I want to know, I want to know, mother! I can't go on living otherwise.

MOTHER [evasively] Don't ask that question! Don't ask that!

CHILD   Mother, that voice whispered in my ear the whole day long: 'Go back! Go back! Go back to where your father is buried!' My purpose in coming back was to sort this business out. [Goes over and catches hold of MOTHER's sleeve]

MOTHER [angrily tugs herself loose] Let go! Let go of me! Is that all you came back for?

CHILD   [pressing his suit] Yes, mother! I want to know how father died, and why only his two hands are buried here, the one on the left and the other on the right.

母　（尖聲地）天哪，天！二十年後他果然回來問這些問題！

兒　母親，你為什麼瞞著我？我父親的事，我不應該知道嗎？

母　死了的人，死了的事，一切都在土裡埋得深深的，為什麼
　　再來說？

兒　（懇求地）母親，你得說！你得說！這關係著我。我走了這麼
　　多國家，仍然回到這個地方來。我必得弄清楚誰是我的父親，
　　我的父親做過什麼，然後我才能知道我是誰，我能做些什麼。

母　難道你不知道你自己是誰？

兒　不知道，不知道，因為我看不清我父親的面貌。他美，他
　　醜，他勇敢，他懦弱，他和藹，他暴躁，我都不知道！

母　（無奈地）兒啊，你要我怎麼說？你要我說什麼？

兒　我要知道一切、一切，關於父親的一切！你們怎麼結婚？
　　又怎麼生了我？

一隻烏鴉落在墓前的一株樹上，呱呱地叫了兩聲。

母　（對烏鴉拍手作激怒狀）哧！哧！（烏鴉飛去）可惡的老
　　呱！黑老呱！

兒　（堅持地）母親，請你告訴我！

母　我們的父母要我們結的婚，我們又莫名其妙地生了你。

MOTHER [shrilly] Heavens, heavens! After twenty years he has truly come back to ask these questions!

CHILD Mothers, why are you keeping things from me? Shouldn't I know about my father?

MOTHER Dead and buried the man, dead and buried the matter. Why bring this up now?

CHILD [imploring] You must tell me, mother! You must! This is my business. It doesn't matter how many countries I went to. I still ended up here. I have to find out who my father was, and what he did, in order to know who I am, and what I can do.

MOTHER Do you mean to say you don't know who you are yourself?

CHILD No, I don't, I don't, because my father is just a blur to me. I don't know anything about him—whether he was handsome or ugly, brave or cowardly, kind or vicious, any of those things.

MOTHER [helplessly] Child, what do you want from me? What can I tell you?

CHILD Everything! I want to know everything about my father! How did you come to marry? And how did you come to have me?

[A crow settles on one of the trees in front of the graves and caws.]

MOTHER [angrily claps her bands at the bird] Shoo! Shoo! [The crow flies away.] Detestable creature! Vile black crow!

CHILD [persistently] Tell me mother, please!

MOTHER We married because our parents wanted us to, and some-

兒　父親呢？他是個什麼人？

母　你父親是一個奇怪的人。

兒　為什麼？

母　（自語地）他是一個奇怪的人⋯⋯奇怪的人⋯⋯

兒　怎麼個奇怪法？他愛你嗎？

母　（受驚地）愛？什麼叫做愛？我們那時候不用這樣的字。
　　我們只要你看著我，我看著你，就明白一切的意思。

兒　可是為什麼他總把他自己關在一間黑房子裡？

母　那是生了你以後的事。本來原是好好的，自從生了你，你
　　的父親就完全變了一個人。他開始躲著我，不知為什麼？

兒　他不再愛你？

母　他很忙，他開始寫他的書，他對我不言不笑，好像一個陌
　　生人。

兒　他真在寫書嗎？可是為什麼我從沒見過他寫的書？

母　因為他寫好了以後就燒掉。他寫了三部，燒了三部，所以
　　什麼也沒有留下來。

兒　他真是個奇怪的人。

母　是，他是個奇怪的人。當時我不瞭解他，我想他有點恨我。

兒　他恨你？為什麼？

CHILD   how or other we had you.

CHILD   And my father? What kind of a man was he?

MOTHER   Your father was a strange man.

CHILD   How do you mean?

MOTHER   [talking to herself] He was a strange man…a strange man.

CHILD   In what way was he strange? Did he love you?

MOTHER   [startled] Love? What is love? In our day we didn't use words like that. We didn't need to speak, we just looked at each other and understood all there was to understand.

CHILD   But why did he always shut himself up in his dark room?

MOTHER   That was after you were born. To begin with everything was perfectly normal. It was after you were born that your father changed. He began to avoid me, I don't know why.

CHILD   Didn't he love you any more?

MOTHER   He was very busy, he began to write his books. After that he just ignored me, as if I was a total stranger.

CHILD   Was he really writing his books? If so, why have I never seen any of the books he wrote?

MOTHER   Because he burnt them when he had finished them. He wrote three books, and burnt all three, so nothing is left.

CHILD   He really was a strange person.

MOTHER   Yes, he was a strange man. At the time I didn't understand him. I think he rather hated me.

CHILD   Hated you? why?

母　我也不知道。因為他那麼冷淡，對我好像一個陌生人。他
　　不要再碰我。

兒　你恨不恨他？

母　我……我……可是我為什麼現在告訴你這些？

兒　（逼迫地）你得說，你得說！這裡只有你和我。要是你不
　　說，我無法知道我父親。水有源頭，樹有根，要是我不道
　　我父親，我實在無法生活。

母　可怕呀！你真地要我說？

兒　再可怕也嚇不倒我！我已經走了這麼多國，遇到這麼多
　　人，經歷了這麼多事，再可怕也嚇不倒我！母親，你就
　　說吧！

母　（回憶地）我該打哪兒說？

兒　你說他有點兒恨你，你也有點兒恨他。

母　是，他恨我，我也恨他，可是我們卻無法分離。

兒　為什麼？

母　我也不明白為什麼，也許連恨也沒有的時候才真無法活。
　　他叫我痛苦，我叫他難過。

兒　啊，母親！

母　所以我們彼此折磨著，卻也有點快活！我想他最大的快樂
　　是等我有了個情人，再殺死我！

MOTHER   I couldn't say. He was so cold and distant, as if he didn't know me. He didn't want anything to do with me any more.

CHILD   Did you hate him?

MOTHER   I...I...why should I go into all this now?

CHILD   [forcefully] You have to tell me, you have to! There's no one else to hear, just you and me. If you don't speak now, I will have no way of knowing my father. Waters cannot flow without their source, trees cannot grow without their roots. If I do not know my father, I cannot go on living.

MOTHER   It's a dreadful story—do you really want me to tell it?

CHILD   I can bear it no matter how dreadful it is! I've been to so many countries, met so many people, had so many experiences, I can bear it no matter how dreadful it is! Tell me straight, mother!

MOTHER   [casting her mind back] Where should I begin?

CHILD   You were saying he rather hated you, and you rather hated him too.

MOTHER   Yes, he hated me, and I hated him too, but we could not live apart.

CHILD   Why?

MOTHER   I don't understand it myself; perhaps it's only when you cannot even hate anymore that you can't go on living. He made me suffer; I made him unhappy.

CHILD   Oh, mother!

MOTHER   So in tormenting each other we also got some satisfaction. I think his greatest pleasure was in waiting for me to take a lover, so that he could kill me!

兒　你有沒有情人？

母　我？……啊……沒有。可是有一天你父親帶回了他一個朋
　　友。他強壯、熱情、又快活。他有黑色的髮、黑色的鬚，
　　他的皮膚叫太陽曬成棕銅色。他笑的時候便露出一嘴潔白
　　的牙，他的眼睛亮得像暗夜的明星。他那麼看著我……看
　　著我……看著我……

兒　他愛上了你？

母　我不知道……

兒　你愛上了他？

母　啊！別問這個！我不知道，我不知道，叫我怎麼說？

兒　我要知道。我要知道關於你，關於我父親，還有關於這個
　　人的一切。

母　（以下的戲須儘量使觀眾感覺有兩個人的存在）有一天你
　　父親忽然走來拉起我的手來說（調換一個位置模仿父的聲
　　音）：「你現在有了情人，你不再怪我了吧？」（回到原
　　來的位置用原來的聲音）我說：「我怪你什麼？」（轉到
　　對面的位置模仿父的聲音）「怪我對你的冷漠。」（回到
　　原來的位置用原來的聲音）我說：「我什麼都不怪，這是
　　命！」（轉到對面的位置用原來的聲音但模仿父的動作）
　　他於是拉起我的手來，聞了又聞，聞了又聞。（回到原來
　　的位置用原來的聲音）「你聞什麼？」

CHILD   Did you have a lover?

MOTHER   I? hmm…no. But one day your father brought a friend home. He was strong, warm, and lively. He and black hair and a black beard, his skin was tanned bronze by the sun. When he laughed he showed a set of pure white teeth, his eyes were as bright as the stars at midnight. He kept watching me…watching…watching…

CHILD   Did he fall in love with you?

MOTHER   I don't know…

CHILD   Did you fall in love with him?

MOTHER   Don't ask me that! I don't know, I don't know; why do you press me?

CHILD   I want to know. I want to know everything about you, about my father, and about that man.
[In the following sequence the actor playing the GHOST should differentiate the two roles as far as possible.]

MOTHER   One day your father suddenly came up and caught my hand [Changes position and imitates FATHER's voice]: 'Now you have a lover, you don't blame me any more?'
[Reverts to original position, in her own voice] I said: 'What should I blame you for?'
[Takes up opposite position and imitates FATHER's voice] 'For being cold toward you.'
[Reverts to original position, in her own voice] I said: 'Blame doesn't come into it, it's a matter of fate!' [Takes up opposite position, in her own voice but imitating FATHER's actions] Then he lifted up my hand and smelt it, then smelt it again, smelt it time after time.
[Reverts to original position, in her own voice] 'What are you smelling?'

（轉到對面的位置模仿父的聲音）「啊！我聞到一種特別的氣味！」（回到原來的位置用原來的聲音）「你喜歡這種氣味嗎？」（轉到對面的位置模仿父的聲音）「醉人，醉人，實在醉人！」（回到原來的位置用原來的聲音）我問他：「這是什麼氣味？」（轉到對面的位置用父的聲音）「我聞出來，這是他的氣味，這明明是他的氣味！」（回到原來的位置用原來的聲音）「你怎麼知道這是他的氣味？」聽了我的話，他的臉登時白了，他轉身走去，（抬臉似乎望著父走去的背影由近而遠）再也不說什麼。又過了一天，可怕的事情就發生了。

兒　發生了什麼？

母　你父親跟他的朋友雙雙失踪，但是在他的房裡留下了一灘血。

兒　（驚呼地）啊！我父親殺了他？還是他殺了我的父親？

母　沒有人知道！又過了一個月，在那邊（手指遠處）在那邊山谷裡，發現了兩具屍體。

兒　是父親跟他的朋友？

母　天知道！

又有一隻烏鴉落在左邊的樹上呱呱地叫了幾聲。

[Takes up opposite position, imitates FATHER's voice] 'Ah! I can smell a special scent!' [Reverts to original position, in her own voice] 'Do you like the scent?' [Takes up opposite position, imitates FATHER's voice] 'It goes to your head, it really goes to your head!'
[Reverts to original position, in her own voice] I asked him: 'What scent is it?' [Takes up opposite position, imitates FATHER's voice] 'It's his scent, I can tell, there's no doubt it's his scent! [Reverts to original position, in her own voice] 'How do you know it's his scent?' When I asked this his face blanched. He turned and left [Lifts her head as if watching FATHER's departing figure] without saying another word. The next day the dreadful thing happened.

CHILD   What was that?

MOTHER   Your father and his friend both disappeared, but a pool of blood was left in his room.

CHILD   [exclaims in alarm] Ah! My father killed him? Or did he kill my father?

MOTHER   No one knows. A month later, over there [Points into the distance] in the ravine, they found two corpses.

CHILD   My fathers' and his friend's?

MOTHER   Heaven only knows!

[Another crow alights on the tree to the left and caws.]

母 （尖聲對烏鴉追打地）哧！哧！惡鬼！惡鬼！就是這些惡鬼黑老呱吃光了你父親跟他的朋友。我只撿回了一雙手，其他只剩下了一堆白骨。

兒 那是父親的手？

母 那手，一手執花，一手執劍，就像你在照片上看到的一樣。

兒 啊！父親，父親，你只剩了一雙手！可是你也是一個人，一個有血肉的人。你也有過慾、有過愛、有過熱情、有過恨……啊，父親！我要知道，你是否曾經愛過我？

母 （模仿父的聲音）我當然愛過你！

兒 母親，我是對我的父親說！

母 我就是你的父親！（撕下第一層面具，現出第二層面具。）

兒 （驚呆地）你說什麼？你是我父親？我父親不是早已死了嚜？

父 死了的不是我，死了的是你的母親跟她的情夫。

兒 （後退地）你……你……我不懂！這怎麼可能呢？我父親的骨頭恐怕早已爛掉了。你看，這裡是他的墓，埋的一隻是左手，一隻是右手。

父 （大笑地）哈哈哈哈，你受了你母親的騙了！這裡埋的不是我。這裡埋的一個是你的母親，一個是她的情夫。

兒 母親她為什麼要騙我？

MOTHER [chases away the crow, in a shrill voice] Shoo! Shoo! Evil spirit! Fiend! It was these evil spirits who picked your father and his friend clean. I only recovered a pair of hands; otherwise only a pile of bones was left.

CHILD Those were father's hands?

MOTHER One hand held a flower, the other hand held a sword, just as you saw in the photograph.

CHILD Father, oh father, only a pair of hands was left of you! But you were also a man, a man of flesh and blood. You knew desire, you knew love, you knew passion, you knew hatred...Father, I want to know, did you ever love me?

MOTHER [imitating FATHER's voice] Of course I loved you!

CHILD Mother, I was addressing my father!

MOTHER But I am your father! [Strips off the first mask, revealing the second]

CHILD [dumbfounded] What? You are my father? Hasn't my father been dead these many years?

FATHER It wasn't me who died, it was your mother and her lover.

CHILD [staggers back] You...you...I don't follow! How can this be? My father's bones must have rotted away by now. Look, here is his grave, with his left hand buried on one said, and his right hand buried on the other.

FATHER [laughs out loud] Ha ha ha! You've let your mother fool you! it's not me who's buried here, its your mother and her lover.

CHILD Why would mother fool me?

父　因為她不要你知道事情的真相。難道你不記得是她把你送
　　出國去，並且叫你永遠不要再回到這裡來？

兒　不錯！

父　因為她害怕，害怕有一天你知道是她害了我。

兒　母親？她害了你？

父　自從生了你，你母親就對我非常冷漠。

兒　因為我？

父　她整日價只抱著你，摟著你，對你笑，對你說，再也不
　　顧我！

兒　所以你嫉妒我？

父　我不知道是不是嫉妒你，我只覺得她從此變了一個人，她
　　對我竟那麼冷漠。

兒　所以從小你不理我，不抱我，因為你嫉妒我！

父　也許是，也許是因為我要佔有，佔有你的母親，不能忍受
　　她分一丁點兒愛給別人。

兒　所以你開始恨她？

父　我恨她，她也恨我，我折磨她，她也折磨我。

兒　都是為了我？

父　不！不！不都是為了你，因為在我們的心中早已有了恨。
　　愛和恨是雙生的一對，有了愛，也就有了恨。我不但恨
　　她，更恨我自己。

FATHER	Because she didn't want you to know the truth. It was she who sent you abroad and told you never to come back, don't you remember?
CHILD	That's true.
FATHER	She was afraid, you see, afraid one day you would learn that she had done me wrong.
CHILD	Mother did you wrong?
FATHER	After you were born your mother treated me very coldly.
CHILD	Because of me?
FATHER	All day long she hugged you and cuddled you, smiled at you and spoke to you; I ceased to exist for her!
CHILD	So you were jealous of me?
FATHER	I don't know if I was jealous of you or not, I just felt she was a different person, she was so cold to me.
CHILD	So that's the reason you never paid me any attention, never took me in your arms—because you were jealous of me!
FATHER	Perhaps; or perhaps it was because of my will to possess, possess your mother. I didn't want her to spare the least bit of love for anyone else.
CHILD	So you began to hate her?
FATHER	I hated her and she hated me; I tormented her and she tormented me.
CHILD	All because of me?
FATHER	No! No! Not all because of you. Hatred had already taken root in our hearts. Love and hate are twins: once there is love there is also hate. I not only hated her, I hated myself, only more so.

兒　為什麼你恨你自己？

父　我恨我不能愛她像愛我自己。

兒　你那麼愛你自己？

父　有時候我覺得是，有時候我又覺得不是。有時候我可以完全忘了我自己，那時候我感到無比的快樂。可是等你的母親一站到我的面前，我馬上又回到了我自己。是她，使我不能忘了我自己，她是她，我是我，我們是截然的兩個人。我不管多麼愛她，也不能變成她，她也不能變成我。我想我愛她愛得太多，超過了我的心力，所以我開始疲倦。（苦惱地）可是我恨我不能再多給她一些。

兒　所以你也恨她？

父　是。她也恨我。我們彼此折磨著。

兒　為什麼不乾脆分手？

父　分手？從來沒想過。你知道，沒有折磨的生活空空蕩蕩更難過。忽然有一天你母親走來（轉到對面的位置模仿母的聲音）：「我不知道怎麼才可使你高興，叫你滿意？」（回到原來的位置用原來的聲音）我說：「你沒法子使我滿意，叫我高興，因為我們愛的太多，恨的也太多！」可是她冷笑著說（轉到對面模仿母的聲音）：「我知道你滿意的是什麼？你最滿意的是先叫我找到一個情人，然後再殺死我。諾，你聞一聞這是什麼？」

CHILD	Why did you hate yourself?
FATHER	I blamed myself for not being able to love her as I loved myself.
CHILD	You loved yourself so much?
FATHER	Sometimes I thought I did, sometimes I thought I didn't. Sometimes I could forget myself entirely; at such times I was supremely happy. But as soon as your mother stood before me, I came back to myself. It was she who made me unable to forget myself: she was she and I was I, two quite separate people. However much I loved her, I could not become her, and she could not become me. I think I loved her too much, beyond my capacity for love, so I grew weary. [Bitterly] But I blamed myself for not being able to give her more.
CHILD	So you hated her?
FATHER	Yes. But then, she hated me too. We tormented each other.
CHILD	Why didn't you simply part company?
FATHER	Part company? That never crossed our mind. The fact is, the emptiness of a life without torment is even harder to put up with. Then one day your mother suddenly said to me [Takes up a position opposite, imitates MOTHER's voice]: 'How can I make you happy, make you contented?' [Reverts to original position, in his own voice] I said: 'There's no way you can make me contented, make me happy, because we love too much, hate too much!' But she laughed coldly and said [Takes up opposite position, imitates MOTHER's voice]: 'I know what would make you contented. Your greatest satisfaction would be to have me take a lover, and then to kill me. Here, tell me what this scent is.'

　　（回到原來的位置把想像中的對方的手舉到鼻前）「噢，
我聞出來了，這是他的氣味，這是我最好的朋友身上的氣
味。我知道了，現在你愛上了他！」（轉到對方的位置模
仿母的聲音）「是，我愛上了他。你殺死我吧！」（回到
原來的位置，用原來的聲音）「我才不去殺死你，殺死
你，我會更難過！」（轉到對方的位置用母的聲音）「要
是你不殺死我，我就殺死他，他，你那最好的朋友！」
　　（回到原來的位置用原來的聲音，恐懼地）「不！不！為
什麼？」（轉到對方的位置模仿母的聲音，切齒地）「因
為我知道你愛他，你愛他比愛你自己更多！」（回到原來
的位置，用原來的聲音，懇求地）「我求你別這麼做！」
可是她聽了我的話，白著臉走了。（抬臉望著想像中遠去
的背影）過了一天，可怕的事就發生了。

兒　發生了什麼事？

父　你的母親跟我的朋友雙雙失蹤。在你母親的房裡留下了一
　　灘血。

兒　（恐怖地）啊！我母親殺了他？還是他殺了我的母親？

父　沒有人知道。又過了一個月，在那邊（手指遠處），在那
　　邊的山谷裡發現了兩具屍體。

兒　是母親跟她的情人？

父　天知道！

又有一隻烏鴉落在右邊的樹上呱呱地叫。

[Reverts to original position and raises his wife's imaginary hand to his nose] 'Ah, I can tell it's his scent, the scent of my best friend. I take your meaning, you are in love with him.' [Takes up opposite position, imitates MOTHER's voice] 'That's right, I'm in love with him. You can kill me! [Reverts to original position, in his own voice]: 'I have no intention of killing you: if I killed you, I would be even more unhappy!' [Takes up opposite position, imitates MOTHER's voice] 'If you don't kill me, I shall kill him, your best friend!' [Reverts to original position, in his own voice, fearfully] 'No, no! Why would you do that?' [Takes up opposite position, imitates MOTHER's voice, grinding out the words] 'Because I know you love him. You love him more than you love yourself!' [Reverts to original position, in his own voice, imploringly] 'Don't do that, I beseech you!' When I said that, her face blanched, and she went away. [Lifts his head as if watching the imaginary figure departing] The next day the dreadful thing happened.

CHILD   What was that?

FATHER   Your mother and my friend both disappeared. A pool of blood was left in your mother's room.

CHILD   [horrified] Ah! My mother killed him? Or did he kill my mother?

FATHER   No one knows. A month later, over there [Points into the distance] in the ravine they found two corpses.

CHILD   My mother's and her lover's?

FATHER   Heaven only knows!

[Another crow alights on the tree to the right and caws.]

父　（尖聲對烏鴉追打地）哧！哧！惡鬼！惡鬼！就是這些惡
　　鬼黑老呱吃光了你母親跟她的情人！我只撿回了一雙手，
　　其他只剩了一堆白骨！

兒　那是誰的手？

父　一隻手中捏著一朵花，一隻手中握著一把劍。

兒　花和劍不都是你的嚜？

父　我把花送給了你母親，把劍送給了我的朋友。

兒　天啊！父親，你也這麼做，像我做的一樣。難道你也愛上
　　了他們兩個，不知道怎麼選擇？

父　是，是，我愛他們倆，不知道怎麼選擇！

兒　啊，父親，告訴我應該怎麼做？

父　（神祕而低沉地）殺死一個，跟另一個過！

兒　殺死丘立安？還是丘麗葉？

父　隨便哪一個！

兒　可是我仍然沒法子選擇。啊，父親，你到底怎麼選擇？

父　你真要知道？

兒　當然！

父　我選擇了殺死他們兩個！

兒　（吃驚地）什麼？是你殺死了他們兩個？

FATHER   [driving away the crow, in a shrill voice] Shoo! Shoo! Evil spirit, fiend! It was these evil spirits who picked your mother and her lover clean! I only recovered a pair of hands; otherwise only a pile of bones was left.

CHILD   Whose hands were they?

FATHER   One hand was clasping a flower, the other hand a sword.

CHILD   Weren't they yours, the flower and the sword?

FATHER   I had given the flower to your mother, and the sword to my friend.

CHILD   Heavens! You did the same as I did, father. Does that mean you also loved them both, and could not choose between them?

FATHER   Yes, yes, I loved them both, and could not choose between them!

CHILD   Oh, father, tell me what I should do.

FATHER   [mysteriously, in a leaden voice] Kill one of them, and settle down with the other!

CHILD   Kill Julian? Or kill Juliet?

FATHER   Either one will do!

CHILD   But I still don't know how to choose between them. How did you choose in the end, father?

FATHER   You really want to know?

CHILD   Of course!

FATHER   I chose to kill the two of them!

CHILD   [shocked] What? It was you who killed them?

父　（肯定地）不錯，是我殺死了他們兩個！

兒　（痛苦地）你不愛他們兩個！

父　我愛他們兩個！

兒　（急烈地）你說謊！你說謊！你誰都不愛，你也從來沒有
　　愛過我！

父　兒啊！就是因為愛你，我才這麼選擇。

兒　不！不！你不愛我！不愛我！你從來沒有抱過我、摟過
　　我、哄過我，我怎麼能相信你愛過我！

父　你的生命就是我，愛你就是愛我。

兒　你是你，我是我，父親你真殘酷！

父　所有的父親都殘酷！可是我愛你，因為你是我的兒子，是生
　　命的延續。你帶走了我的愛、我的恨、我的一切。我現在已
　　經是空無所有，連生命也沒有了，所以我要呼喚你回來。

兒　是你？是你終日價在我的耳旁低低地說：「回去吧！回去
　　吧！回到你父親埋葬的地方」？

父　是我！是我！我早就賭過咒說二十年後你必得回來，回到
　　這裡弄明白一切。你要恨，去恨你的母親，不要來恨我，
　　一切都是她的錯！

兒　夠了！夠了！我現在回來了，可是我不要再弄明白這一
　　切。我只要知道一件事……。

FATHER	[categorically] Right, it was me who killed them!
CHILD	[distressed] You didn't love them!
FATHER	I did love them!
CHILD	[vehemently] You're lying! You're lying! You don't love anybody, me included, you never loved me!
FATHER	Child, it was just because I loved you that I chose the way I did.
CHILD	No! No! You don't love me! You never cuddled me, hugged me, patted me, soothed me. How can I believe you loved me?
FATHER	I gave you life. To love you was to love myself.
CHILD	You are you and I am I. You're cruel, father!
FATHER	All fathers are cruel! But I loved you because you are my child, an extension of my life. You took my love away with you, and my hate, my everything. I am now an empty shell, bereft even of life; that is why I summoned you back.
CHILD	So it was you? It was you who whispered in my ear all day long 'Go back! Go back! Go back to where your father is buried'?
FATHER	Yes, it was me! I had vowed that after twenty years you must come back, come back here and understand everything. If you want someone to blame, blame your mother, don't blame me. It was all her fault!
CHILD	Enough! Enough! I am back now, but I no longer want to understand everything. I only want to know one thing...

父　知道什麼？

兒　知道我的父親是否愛過我。

父　當然，我愛過你。只是那時候你太小，我不知怎麼對你說。

兒　啊！父親，你不必說！你只須拍著我、哄著我、摟著我、抱著我。你現在才來對我說這些。你看，我已經這麼大、這麼高，你不可能再來拍我、哄我、摟我、抱我；你再對我說千萬聲愛，也等於白說！

父　（趨前，焦灼地）真的嚜？

兒　（後退地）請你不要過來！不要過來！你可知道在我年幼的時候，有多少多少日子，我盼望你帶我去散散步，把手放在我的肩上，像這個樣子，告訴我你喜歡什麼、恨什麼，告訴我路是怎麼走、日子是怎麼過。有多少多少日子，我盼望著我們一塊兒跳繩、一塊兒下棋、一塊兒騎自行車，盼望著你把我抱在膝上，這麼摟著我，親親熱熱⋯⋯可是什麼也沒有，什麼也沒有過！

父　（又趨前遲疑地）現在讓我們來⋯⋯

兒　（躲避地）現在⋯⋯現在⋯⋯現在你看我不再是小孩子！現在我跟你一樣高、一樣大，現在我不再需要這一些。

父　（沉痛地）兒啊！告訴我，應該怎麼做？我要你知道⋯⋯

FATHER	What?
CHILD	I want to know if my father ever loved me.
FATHER	Of course I loved you. The only thing was you were too young then; I didn't know how to tell you.
CHILD	Oh, father, you didn't have to tell me! You only had to pat me, soothe me, cuddle me, hug me. It is too late for you to tell me these things. Look at how big I am, how tall I am; the time is past for you to pat me, soothe me, cuddle me, hug me. You can say you love me a thousand times, it would all be pointless!
FATHER	[approaches anxiously] You don't mean it!
CHILD	[recoils] Don't come near me! Don't come near me! When I was little do you realize how often I looked forward to you taking me for a walk, putting your arm round me shoulders—like this—telling me what you liked and what you hated, teaching me how to make my way in the world, how I should live my life? Do you realize how often I looked forward to us skipping together, playing chess together, riding our bikes together, looked forward to you taking me on your knee, hugging me, all warm and affectionate….But none of this, none of this ever happened!
FATHER	[approaches hesitantly] Perhaps we could even now—
CHILD	[shrinking back] Now? Now I'm not a child any more, as you can see. Now I am as tall as you, as big as you, I don't need those things now.
FATHER	[pained] Child! Tell me what I should do. I want you to know…

兒　知道什麼？知道你也愛我？啊，父親！知道有什麼用？重
　　要的是我的感覺。現在一切都太遲了。

父　（失望地）太遲了……太遲了！你說得對！太遲了……

兒　不過，有一件事，也許你還可以幫我一個忙。

父　（興奮地）什麼？說吧，是什麼？無論什麼事，我都肯為
　　你做。

兒　我只要你告訴我，是不是我也應該去殺死丘立安與丘麗葉
　　他們兩個？

父　（猶豫地）這……這……！

兒　（進逼地）可是你自己殺死了母親跟你的朋友？

父　就是因為殺死他們，我也並不快樂。

兒　為什麼？殺死他們你不是自由了嚜？你不需要再遲疑躊
　　躇，你也不需要再做任何選擇。

父　自由？（狂笑地）哈哈哈哈……那是多大的奢望！人雖已
　　死，愛並沒有消滅。

兒　你還愛他們？

父　自然，（指心）他們還在這裡活！

兒　（沮喪地）那我是無望的了！

父　慢著，你看，（一手撕下了第二個面具，顯出第三個面具。）

兒　（吃驚地後退著）你是誰？

CHILD	Know what? Know that you love me? Oh, father, what good would it do to know? It is my feelings that count. It is all too late.
FATHER	[disappointed] Too late…too late! You are right! Too late…
CHILD	Still, there is one matter you might yet be able to help me with.
FATHER	[excited] What? Tell me, what is it? I'll do anything in my power.
CHILD	I just want you to tell me, should I also kill the two of them, Julian and Juliet?
FATHER	[hesitates] Er…er…
CHILD	[pressing him] Didn't you say you yourself killed mother and your friend?
FATHER	It's precisely because I killed them that I am unhappy now.
CHILD	Why? Hasn't killing them made you free? All doubt and hesitation is behind you, and you don't have to make any more choices.
FATHER	Free? [Laughs hysterically] Ha ha ha ha….That's wishing for the moon! Dead they may be, but the love lives on.
CHILD	You still love them?
FATHER	Of course, [Point to his heart] they are still alive in here!
CHILD	[dispirited] Then there is no hope for me!
FATHER	Hold on, look! [Strips off the second mask, revealing the third]
CHILD	[recoils in amazement] Who are you?

朋友　我是你父親的朋友，你母親的情人。

兒　你不是早已死了嚜？

朋友　死了的其實不是我！

兒　是誰？

朋友　是你的父親跟母親。

兒　我真不明白。我的父母都告訴我，他們殺了你，你的屍首又在山谷裡餵了黑老呱。

朋友　他們都騙了你！你聽我說，你的父母本來極相愛，可是他們又都愛上了我……

兒　所以你們三個人不知怎麼辦？

朋友　如果去掉一個，兩個仍然不快活。

兒　為什麼你們不三個一起過？

朋友　三個人怎麼你看我來我看你？接吻也不能三張嘴來一起做。

兒　這個我知道！

朋友　所以我們決定不如一同死。有一天我們到了那邊（指遠處）的山谷裡……你父親手執一把劍，你母親手拿一朵花。他們倆你看我來我看你，看了好一會兒，你父親終於一劍刺進你母親的心窩，又一劍刺進了自己的心窩！

兒　（驚叫地）啊！天哪！別說了！別說了！

FRIEND   I am your father's friend, your mother's lover.

CHILD   Didn't you die long ago?

FRIEND   Actually it wasn't me who died!

CHILD   Who was it?

FRIEND   It was your father and mother.

CHILD   I don't understand. My father and mother both told me they had killed you, and your body had fed the crows in the ravine.

FRIEND   They were having you on! The truth is, your father and mother were once very much in love, but then they both fell in love with me.

CHILD   So the three of you were in a quandary?

FRIEND   Even if one of us was got rid of, the other two still would not be happy.

CHILD   Why didn't the three of you settle down together?

FRIEND   How could all three of us be always watching for one of the others to make a move? You can't have three mouths kissing at once.

CHILD   You don't have to tell me that!

FRIEND   So we decided it would be better if we all died together. One day we went to the ravine over there. [Points into the distance] Your father held a sword in his hand, your mother a flower in hers. They stood eyeing each other for a long time, then finally your father thrust his sword into your mother's heart, then turned it on himself and pierced his own heart!

CHILD   [shrieks] Oh, heavens! Don't go on! Don't go on!

朋友　黃土地澆了兩灘血！

兒　天哪！他們死得好慘！可是你呢？你為什麼沒有死？

朋友　（得意地）哈哈，我嚜？我本來沒生，何須死？

兒　你說什麼？我不懂！

朋友　我本來就沒真活過。我一半是你父親，一半是你母親，其實我就是你父母的另一個我。

兒　（厲聲地）你是誰？說！你是誰？

朋友　我是你父親，又是你母親，又是你父親的朋友，你母親的情人。你母親真笨，她說什麼也不要你回到這裡來，可是她不明白，不明真相你會更難過。來，讓我告訴你實情！

兒　我不要再知道什麼實情！我只要知道我自己怎麼選擇。

朋友　（低聲私語地）你根本不要選擇什麼！因為你根本就沒有愛，沒有愛過丘立安，也沒有愛過丘麗葉，你根本就不是你自己！

兒　那麼我是誰？

朋友　你是你父親的兒子，你母親的女兒，你事事都跟他們學。他們不曾愛過你，你哪裡有什麼愛去給別人？

兒　（受驚地）你騙我，你騙我，我明明覺得愛得深，愛得狂……

FRIEND	Two pools of blood soaked into the bare soil.
CHILD	Heavens! What a frightful way for them to die! But what about you? How come you did not die?
FRIEND	[smugly] Ha ha! Me? I had no life to begin with, what need was there for me to die?
CHILD	What do you mean? I don't understand!
FRIEND	The fact is, I have never really existed. I am half your father, half your mother. Actually I am a second self of your parents.
CHILD	[sternly] Who are you? Tell me straight! Who are you?
FRIEND	I am your father, and also your mother, and also your father's friend, your mother's lover. Your mother was a fool: on no account would she have you come back here, but she didn't realize that to be kept in the dark would only be harder for you to bear. All right then, let me tell you the true facts!
CHILD	I don't want to know any more true facts! I just want to know what choice I should make myself.
FRIEND	[whispers] You shouldn't make any choice at all! Because you have never loved at all: you never loved Julian, you never loved Juliet. The truth is you are not yourself at all!
CHILD	Then who am I?
FRIEND	You are our father's son, your mother's daughter; you model yourself on them in every way. Since they never loved you, how could you have any love to give to another?
CHILD	[shocked] That's a lie! I am quite sure I love deeply, madly—

朋友　你要真地愛，你不必選擇什麼。乾脆殺死他們兩個，然
　　　後他們就永遠在你那裡（指兒的心）活！

兒　　（激怒地）不！不！你胡說，你胡說！要死，也只有我自
　　　己死。

朋友　（勸誘地）去！像你父親，去殺死丘立安跟丘麗葉！

兒　　（反抗地）不！不！

朋友　（誘惑地抓住兒的手）去！要是你愛我，你就為我這
　　　麼做！

兒　　（掙扎地）不！不！你是誰？你是什麼人？你到底是什麼人？

朋友　你看，你仔細看我是誰？

兒　　（細看，迷惑地）你看來又像我的父親，又像我的母親，
　　　又像丘立安，又像丘麗葉。啊，（悲哀地）你是誰？你到
　　　底是誰？

朋友　（狂笑地）哈哈哈⋯⋯我是愛，我是恨！我是你的心！

兒　　（激怒地）啊，你⋯⋯你⋯⋯你到底是什人？

　　　（過去一把扯下其第三個面具，顯出最後骷髏頭的面具
　　　來。這時太陽突然沉落，月亮飛升入天空。舞臺的光色也
　　　忽然由黃昏的燦爛轉入月夜的淒迷。鬼漸漸後退慢慢消失
　　　在繚繞茅屋的煙氣中。一隻烏鴉呱呱地叫著飛過。）

FRIEND   If you are truly in love, you don't need to make any choice: you go ahead and kill them both, and they will live forever there! [Points to CHILD's heart]

CHILD   [angrily] No! No! You are talking nonsense, nonsense! If anyone is to die, it can only be me.

FRIEND   [egging on] Go on, follow your father's example, go and kill Julian and Juliet!

CHILD   [defiantly] No! No!

FRIEND   [coaxingly grasps CHILD's hand] Go on! If you love me, you will do this for me!

CHILD   [struggling] No! No! Who are you? What man are you? Who are you really?

FRIEND   Take a look, take a close look and tell me who I am.

CHILD   [looks at him close, bewildered] You look like my father, and at the same time like my mother, then again like Julian, then again like Juliet. Oh, [Plaintively] who are you, who are you really?

FRIEND   [laughs hysterically] Ha ha ha! I am love, I am hate! I am your heart!

CHILD   [angrily] Ah you…you…who are you really? [Goes over and rips off the third mask, revealing the last layer, a death's head]

[At this point the sun suddenly sinks, and the moon shoots up into the sky. The stage lighting abruptly changes from the dazzling sunset to an eerie moonlight. The GHOST slowly retreats and gradually disappears into the mists that wreathe the cottage. A crow flies over, cawing.]

兒　天哪！天哪！我這是在哪兒？我是誰？我走了那麼遠的
　　路，到了這裡。啊，父親，是你叫我回到這裡，我又遇到
　　了些什麼？我應該聽母親的話，永遠永遠不回來。我應該
　　走自己的路。可是，父親，你為什麼整日價在我耳邊低低
　　地說：「回去吧！回去吧！回到你父親埋葬的地方！」就
　　只為了說你愛我？你殺死了母親，但是你說她在你的心裡
　　活！（痛苦地）我的心在跳，我的喉嚨似火燒。（以雙手
　　叉自己的脖子）好像兩隻手掐在我這裡……（掙扎地）我
　　要叫！我要大叫，我不要再愛，愛情叫我太苦惱……我是
　　一個迷了路的人。從來沒有人告訴我過路是怎麼走，日子
　　是怎麼過。

（忽然茅屋前出現一隻紅色的燈籠。）

父親的聲音　（空洞地）來！來！
兒　父親，是你？是你呼喊我？你已經這麼對我呼喊了二十
　　年！夠了！夠了！我不會再聽你的話。我已長成這麼高這
　　麼大。
父親的聲音　（空洞地）來……來……

CHILD Heavens! Heavens! Where am I? Who am I? I've come
such a long way to get here. Oh, father, you called me
back here, but what did I meet with? I should have lis-
tened to my mother and never come back. I should have
gone my own way. But father, why did you whisper in my
ear all day long: 'Go back! Go back! Go Back to where
your father is buried!' Was it just to say you loved me?
You killed my mother, but you said she in living in your
heart! [Painfully] My heart is beating fast, my throat seems to
be on fire. [Puts his bands round his neck] There seems to be a
pair of hands squeezing me here…. [Struggling] I want to cry
out! I want to shriek, I don't want to love any more, love
just brings me grief…I have lost my way. No one has every
told me what way I should take, how I should live my life.

[a red lantern suddenly appears in front of the cottage.]

FATHER'S VOICE [hollowly] Come! Come!

兒　　（向前奔了幾步住腳，哭聲地）父親，告訴我，你愛我！
　　　你愛我……不！不！別說什麼！太遲了，一切都太遲到！
　　　我知道你沒有愛過我。我的心中那麼空，那麼冷，我實在
　　　沒有愛過誰。你說得對，我沒愛過丘立安，也沒愛過丘麗
　　　葉，因為沒有人愛過我！可是我又明明覺得這裡（指心）
　　　在燃燒。我要愛，我要愛！我要愛丘立安，也要愛丘麗
　　　葉。我把劍送給了一個，又把花送給了另一個，叫我怎麼
　　　選擇？你看，連這件袍子都是你的，我注定了要走你的
　　　路？噢，不！不！（用力把袍子扯下，露出光背）這是你
　　　的！（擲向紅燈處）還給你！還給你！

父親的聲音　　（空洞地）來！來！跟我來……

兒　　（又向前走了兩步，住足。紅燈籠緩慢地向舞臺後方遠處
　　　飄去，如夜間人執燈漸行漸遠狀）啊，父親，我迷了路。
　　　可是我不能跟你走。不能跟你走！（急轉身。一隻烏鴉飛
　　　過，發出寒森森的叫聲）我的路在哪兒？

　　　　　　　　　　幕落

CHILD　Is that you, father? Is that you calling me? You have been calling me like that for all of twenty years! Enough! Enough! I won't obey you any more. I am already big and tall.

FATHER'S VOICE　[hollowly] Come…come…

CHILD　[runs forward a few steps, in a choking voice] Tell me, father, tell me you love me! You love me….No! No! Don't say anything! It's too late, everything's too late! I know you never loved me. My heart is so empty, so cold; I really haven't loved anyone. You were right, I never loved Julian, and I never loved Juliet, because no one ever loved me! Yet there is fire burning here, [Points to heart] I am sure of that. I want to love, I want to love! I want to love Julian, and I want to love Juliet. I gave the sword to the one, and the flower to the other: how can I choose between them? Look, even this gown is yours! Does that mean I am fated to take your way? No! No! [Rips the gown off his/her back] This belongs to you! [Throws it at the lantern] Take it back! Take it back!

FATHER'S VOICE　[hollowly] Come! Come! Come with me…

CHILD　[goes forward another few paces, then stops. The red lantern floats slowly towards the back of the stage, as if being carried further and further away]. Oh, father, I have lost my way. But I can't go along with you! I can't! [Wheels round. A crow flies over, cawing bleakly.] Where is my way?

[Curtain falls.]

對《花與劍》導演的幾句話：

這齣戲的佈景、服裝以及演員的表演方式都不能用寫實的手法。顏色應強烈、鮮明、動作應明朗、誇大。但不可用喜劇化的誇張。舉一個比喻，這齣戲好像一朵不像花的人工花。雖然不像現實中的任何花朵，但卻是作者居心要說服觀眾，這是一朵比真花更真的花。這是一種「無中生有」。然而所有的藝術創作都是無中生有的。如果導演體會到這一點，不但可以忠實地表達了作者的原意，而且可以進一步去豐富作者原來的構想及意圖表達的意象。劇中有些句子是故意押韻的。演員的聲調須流利高昂，其急緩高低須有節奏，且須與劇情的進展與角色的情緒相配合。飾鬼的演員聲域要廣，最好能用不同的聲音代表不同的人物。這齣戲特別需要配樂，但那是導演與音樂家的事，所以我不說什麼。

DIRECTOR'S NOTE

The set, costume, and acting style in this play cannot be treated realistically. Colours should be strong and bright, and movements larger than life, but not exaggerated as in a farce. Actors should deliver their lines fluently, with passion, emphasizing their pace and rhythm. The actor who plays THE GHOST should have a voice with a wide range. The play should be accompanied by music.

ABOUT THE PLAY

The Chinese diaspora as a topic for serious academic research rose to prominence in the mid-1980s. This play, written in 1977, is strikingly prophetic in its voicing of the concerns of many overseas Chinese intellectuals today. The play tells the story of a young person's return to his homeland to visit his father's grave. In an intricate series of events that are unfolded in a dream-like, symbolist manner, the play depicts the child's desperate attempt to free himself from the voice that has been haunting him all through his adult life.

The play is heavily symbolic in its use of matching pairs of ideas such as flower and sword, husband and wife, husband/wife and his/her lover, father and mother, male and female, parent and child, and the play can be interpreted on many levels. But what emerges most clearly is the tormented consciousness of the child. This serves as a parallel for the experiences of Chinese emigrants who have strong but ambivalent feelings towards the culture, tradition, and moral and ethical values that have 'fathered' them. In this sense, the play is the dramatization of a painful attempt to deal with the history of one's origins.

This play typifies the effort of many Taiwanese dramatists who sought to produce plays that would not be mere extensions of the tradition of realist drama established in mainland China during the 1930s and 1940s, and subsequently in Taiwan in the 1950s and 1960s. It is an example of the early experimental works that appeared in Taiwan in the 1970s: social reality is set aside and the focus is on the state of the individual mind. The rejection of the conventions of realism and naturalism can be seen in the set, costumes, and acting style, all of which are deliberately stylized. The use of masks is central and reminiscent of Sichuan Opera, which features stunning and split-second mask changes. This, together with the music and lighting, creates the ominous feeling of phantasmagoria which hovers about the play. (Translated by Dr. David E. Pollard, former professor of the University of London)

關於本劇

一九八〇年中期，「華人之離散」成為學術研究上一個重要的題目。此劇寫於一九七七年，可說是得風氣之先，道出了今日眾多海外華人知識份子心中的話。此劇的劇情架構在一個回歸故土的青年人尋訪父親墳墓的過程上。通過一連串象徵式如夢一般的錯綜複雜事件，寫出這個青年竭力企圖從困擾他多年的父親的聲音中解脫出來。

此劇在運用對稱意象方面，諸如花與劍、夫與妻、夫/妻與他們的情侶、父與母、男與女、父母與子女等等，具有高度的象徵意涵，因此可獲得各種層次的解讀。但是最清楚浮現的是這個青年人內心的掙扎。這一點恰恰反映了流離海外的華僑對培育他們成長的故土文化、傳統、道德、倫理等所懷抱的既強烈又矛盾的情感，是將溯源尋根之痛加以戲劇化的舞台處理。

此劇代表了眾多台灣戲劇家企圖掙脫中國大陸三、四〇年代和台灣五、六〇年代的寫實戲劇傳統的努力，是出現在七〇年代台灣早期實驗劇中的一個企圖拋開社會現實，集焦點於個人心理上的成功範例。從此劇立意風格化的佈景、服裝以及表演技巧上明顯地看出其棄絕寫實主義和自然主義傳統的用心。層層揭露的面具就如應用在川劇中的變臉一般，十分眩人眼目，加上配樂和燈光效果，創造出一種魔幻般的惡兆氣氛，從始至終迴盪在全劇中。（譯自卜立德教授的評論）

附錄

馬森戲劇著作與發表檔案

《西冷橋》（電影劇本），寫於1957年，未拍製。

《飛去的蝴蝶》（獨幕劇），寫於1958年，未發表。

《父親》（三幕），寫於1959年，未發表。

《人生的禮物》（電影劇本），寫於1962年，1963年於巴黎
　　拍製。

《蒼蠅與蚊子》（獨幕劇），寫於1967年，發表於1968年冬
　　《歐洲雜誌》第9 期；收入1978《馬森獨幕劇集》，台
　　北：聯經出版社；1987《腳色》，台北：聯經出版社。

《一碗涼粥》（獨幕劇），寫於1967年，發表於1977年7月
　　《現代文學》復刊第1 期；收入1978《馬森獨幕劇集》，
　　台北：聯經出版社；1987《腳色》，台北：聯經出版社。

《獅子》（獨幕劇），寫於1968年，發表於1969年12月5日
　　《大眾日報》「戲劇專刊」；收入1978《馬森獨幕劇
　　集》，台北：聯經出版社；1987《腳色》，台北：聯經出
　　版社。

《弱者》（一幕二場劇），寫於1968年，發表於1970年1月7
　　日《大眾日報》「戲劇專刊」；收入1978《馬森獨幕劇
　　集》，台北：聯經出版社；刊於1985年3月號北京《劇
　　本》雜誌；收入1987《腳色》，台北：聯經出版社。

《蛙戲》（獨幕劇），寫於1969年，發表於1970年2月14日
　　《大眾日報》「戲劇專刊」；收入1978《馬森獨幕劇
　　集》，台北：聯經出版社；1987《腳色》，台北：聯經出
　　版社；2010《馬森戲劇精選集》，台北：新地出版社。

《野鵓鴿》（獨幕劇），寫於1970年，發表於1970年3月4日
　　《大眾日報》「戲劇專刊」；收入1978《馬森獨幕劇
　　集》，台北：聯經出版社；1987《腳色》，台北：聯經出
　　版社。

《朝聖者》（獨幕劇），寫於1970年，發表於1970年4月8日
　　《大眾日報》「戲劇專刊」；收入1978《馬森獨幕劇
　　集》，台北：聯經出版社；1987《腳色》，台北：聯經出
　　版社。

《在大蟒的肚裡》（獨幕劇），寫於1972年，發表於1976年12
　　月3~4日《中國時報》「人間副刊」；收入1978《馬森獨
　　幕劇集》，台北：聯經出版社；1987《腳色》，台北：聯
　　經出版社；2003王友輝、郭強生主編《戲劇讀本》，台北

　　二魚文化，頁366-379；2006田本相主編《中國話劇百年圖史》，山西教育出版社；2007劉平著《中國話劇百年圖文志》，武漢出版社。

《花與劍》（二場劇），寫於1976年，未發表；收入1978《馬森獨幕劇集》，台北：聯經出版社；1987《腳色》，台北：聯經出版社；並選入1987林克歡編《台灣劇作選》，北京：中國戲劇出版社；1989黃美序編《中華現代文學大系》（戲劇卷壹），台北九歌出版社，頁107-135；1993年11月北京《新劇本》第6期（總第60期）「93中國小劇場戲劇展暨國際研討會作品專號」轉載，頁19-26；一九九七年英譯本收入Contemporary Chinese Drama, translated by Prof. David Pollard, Hong Kong, Oxford University Press, pp. 253-374；2006田本相主編《中國話劇百年圖史》，山西教育出版社；2007年劉厚生等主編《中國話劇百年劇作選》，北京中國對外翻譯出版社；2007劉平著《中國話劇百年圖文志》，武漢出版社。

《馬森獨幕劇集》，台北：聯經出版社，1978年2月（收進《一碗涼粥》、《獅子》、《蒼蠅與蚊子》、《弱者》、《蛙戲》、《野鵓鴿》、《朝聖者》、《在大蟒的肚裡》、《花與劍》等9劇）。

《腳色》（獨幕劇），寫於1980年，發表於1980年11月《幼獅
　　文藝》323期「戲劇專號」；收入1987年10月（《馬森獨
　　幕劇集》增補版，聯經出版社；2006田本相主編《中國話
　　劇百年圖史》，山西教育出版社；2007劉平著《中國話劇
　　百年圖文志》，武漢出版社。

《進城》（獨幕劇），寫於1982年，發表於1982年7月22日
　　《聯合報》副刊；收入1987年10月（《馬森獨幕劇集》增
　　補版，聯經出版社。

《腳色》，台北：聯經出版社，1987年10月（《馬森獨幕劇
　　集》增補版，增收進《腳色》、《進城》，共11劇）。

《腳色——馬森獨幕劇集》（聯經版《腳色》重印本），台
　　北：書林出版社，1996年3月。

《美麗華酒女救風塵》（十二場歌劇），寫於1990年，發表於
　　1990年10月《聯合文學》72期，游昌發譜曲；收入1997
　　《我們都是金光黨／美麗華酒女救風塵》，台北：書林出
　　版社。

《我們都是金光黨》（十場劇），寫於1995年，發表於1996年
　　6月《聯合文學》140期；收入1997《我們都是金光黨／美
　　麗華酒女救風塵》，台北：書林出版社；2010《馬森戲劇
　　精選集》，台北：新地出版社。

《我們都是金光黨／美麗華酒女救風塵》，台北：書林出版
　　社，1997年5月。

《陽台》（二場劇），寫於2001年，發表於2001年6月《中外
　　文學》30卷第1期；收入2010《馬森戲劇精選集》，台
　　北：新地出版社。

《窗外風景》（四圖景），寫於2001年5月，發表於2001年7月
　　《聯合文學》201期；2010《馬森戲劇精選集》，台北：
　　新地出版社。

《蛙戲》（十場歌舞劇），寫於2002年初，台南人劇團於2002
　　年5月及7月在台南市、台南縣和高雄市演出六場；收入
　　2010《馬森戲劇精選集》，台北：新地出版社；2006田本
　　相主編《中國話劇百年圖史》，山西教育出版社；2007劉
　　平著《中國話劇百年圖文志》，武漢出版社。

《雞腳與鴨掌》（一齣與政治無關的政治喜劇），寫於2007
　　年末，2009年3月發表於《印刻文學生活誌》；收入2010
　　《馬森戲劇精選集》，台北：新地出版社。

《馬森戲劇精選集》（收《窗外風景》、《陽台》、《我們都
　　是金光黨》、《雞腳與鴨掌》、歌舞劇《蛙戲》與話劇
　　《蛙戲》），台北：新地出版社，2010年4月。

《花與劍》（中英對照重編本），台北：秀威資訊科技公司，
　　2011年9月。

《蛙戲》（話劇及歌舞劇版重編本），台北：秀威資訊科技公
　　司，2011年10月。

《腳色》（重編本、收入《腳色》、《一碗涼粥》、《獅
　　子》、《蒼蠅與蚊子》、《弱者》、《野鵓鴿》、《朝聖
　　者》、《在大蟒的肚裡》、《進城》九劇），台北：秀威
　　資訊科技公司，2011年11月。

《花與劍》的斷想

陳載澧

我不是搞理論的，而是在戲劇實踐方面做了一點工作。

一九九〇與一九九一年有兩個青年劇團排過這個戲，請我擔任了藝術指導，所以這個戲對我頗起了一些觸動。

因此我願意述說一些很感性、很直覺的東西，讓別人也分享我在閱讀、在排練、在觀看這戲時的喜悅。

我首先想起了Martin Buber在一九五七年寫的一段話：

「人與人生命的基礎有兩層。第一，每一個人都渴望被其他人確認自己是什麼，或者自己將要演化成什麼；同時他在這意義上又與生俱來地具備了確認別人的能力。但人的這種能力卻是那麼可憐的薄弱，構成了整個人類致命的弱點，因而人類的存在處處充滿危機，因為真正的『人』要在這種能力勃發展開時方得以存在。另一方面，那種缺乏自我完成和自我完善的意志和行動，對上述確認的空洞虛假追求，一而再、再而三的

摧毀了人與人之間生命的真義。」

　　《花與劍》這個劇本，在個人、社會、民族甚至人類等多個層面挑動我們的思考和聯想。在這些層面上，Buber的論說都可成為開啟這劇本深刻蘊藏的鑰匙。

　　一個青年在外地歷經許多歲月，走遍不同的國度，終於回到家鄉找尋埋葬他爸爸的「雙手墓」。這墓裡只有他父親的一雙手，左手執花、右手執劍；這一花一劍也是他留給兒子的唯一遺物。他回家就是因為冥冥中似乎老是有一個聲音低低地對他說：「回去吧，回去吧，回到你父親埋葬的地方！」

　　他從來對父親沒有一個完整的印象，也沒有過真正的交往，因而也從來沒有給他的父親真正「確認」過。「……我敲門的時候，他只把門開一條小縫。門裡黑洞洞的，他伸出他的手來，撫摩一下我的頭，然後又把門關起來。除了他的手，我真不知道他是誰。」父親死了，也只在荒山裡留下一雙手，其他都給烏鴉吃光了。一手拿著的花，另一手拿著的劍，成為留給兒子的唯一遺物。這兩種遺產，是矛盾的，是沒法統一的。沒法統一，因為從來不存在完整的、有血有肉的一個「人」，或一個完成化的靈魂去協調包容兩極之間的張力。而這種斷裂，他就這樣傳給了兒子。兒子只能在這矛盾破裂的承傳裡找到上一代對他的確認，找到自己的身份——即使這身分認同是

極不穩定的。

　　當然這種靈魂的破裂也在兒子身上重現了。他愛上了漂亮的女孩子丘麗葉、也同時愛上了英俊的男孩子丘立安。他把父親的花送了給丘麗葉，把父親的劍送了給丘立安。以他自己的說話：「要是我只有父親的花，我就不會去愛丘麗葉；要是我只有父親的劍，我就不會去愛丘立安。」他固然有割裂的張力，也承受了閹割的殘缺；他的愛不完全，像上一代，他沒有以整個有血有肉的人付出的能力，他的愛是基於「更重要的是她說她愛我。」對丘麗葉來說是這樣，對丘立安也是這樣。他需要從丘麗葉和丘立安兩個不可調協、互相矛盾的來源去吸取確認，企圖從而達到一種自我的肯定，建立身分角色。他承傳了的特性讓他只可能這樣做，但這樣做的結果只能加深那殘缺和分割。劇中他和父親的朋友有這麼的一段對話——

　　　朋友：你看，你仔細看我是誰？
　　　兒：（細看，迷惑地）你看來又像我父親，又像我母
　　　　　親，又像丘立安，又像丘麗葉。啊，（悲哀地）你是
　　　　　誰？你到底是誰？
　　　朋友：（狂笑地）哈哈哈……我是愛，我是恨，我是你
　　　　　的心！

　　他的「心」，原就是父母的承傳，也是從丘立安和丘麗葉那裡擷取拼湊而成的碎片。劇中稍前一點，還有這麼的另一段話……

　　　朋友：（低聲私語地）你根本不要選擇什麼！因為你根本
　　　　　　沒有愛，沒有愛過丘立安，也沒有愛過丘麗葉，你根
　　　　　　本就不是你自己！
　　　兒：那麼我是誰？
　　　朋友：你是你父親的兒子，你母親的女兒，你事事都跟
　　　　　　他們學。他們不曾愛過你，你哪裡有什麼愛去給
　　　　　　別人？

　　人從相互的交往，在真正的施與受中得到他必須得到才能成為「人」的確認。主角的父親能給他的只是一枝花和一柄劍；這花和劍分別執在一隻左手和一隻右手上，而手以外是沒有的……這是很強烈的一個符號，好像說這交往是完全功能性、功利性的，這絕不是真正的交往。
　　前年去世的心理學家R. D. Laing曾經提過這麼一個個例：一位護士遞了一杯茶給她照顧的一個精神病人。病人說：「我一生中這是第一次有人給我一杯茶。」隨後對這病人的診斷證實了這句話的真確性。

　　真正地要給另外一個人一杯茶原不是那麼常見的事。一個人要給我一杯茶可能是要炫耀他漂亮的茶壺和茶具；也可能他要讓我心情好一點，從而從我那裡得到一點什麼；又或者他是希望我喜歡他；甚或想爭取我成為他的盟友，去對付第三者。他可能的確是從茶壺把茶倒到茶杯內，把茶遞給我；我要不在兩秒鐘內接過的話，杯子就會跌到地上砸個粉碎。這行動只是一個機械性的運動，沒有承認到「我」的參與。

　　我們奉茶之「道」，可以說是非常簡單，但卻往往是很難辦到的。它要求真真正正作為他自己的一個人，真實地而不是表面化的，把一杯茶，給另外一個人，在這個過程中，受茶的那個人的存在被奉茶的那個人確認了。

　　遺花與劍的不是整個人、不是完整的靈魂。他希望遺物成為兒子訂婚時的信物，只是作為一種自我的延展，甚至是企望未完成的自我交由下一代去完成它。他信誓旦旦地說他是愛他的兒子的，但是──

　　　兒：……我怎麼能相信你愛過我？

　　　父：你的生命就是我，愛你就是愛我。

　　　兒：你是你，我是我，父親你真殘酷！

　　　父：所有的父親都殘酷！可是我愛你，因為你是我的兒
　　　　　子，是生命的延續。

他的父親從來沒有把他看成是一個完整的、有主觀能動的個體（一個AGENT）去愛他，去與他交往。

他的母親和他也是疏離的，她拚命要否定母子之間有任何交往。當兒子說：「母親，妳看，這不是妳替我做的袍子？我今天特別穿上了，回到雙手墓來。」她卻回答說：「這不是我替你做的，這是你父親的遺物」她又說：「我們的父母要我們結的婚，我們又莫名其妙生了你。」

父親和母親的冷漠，源於他們那一代，兩人早已缺乏真正交往和與之俱來的相互確認。換句話說，他們都沒有自己完成為一個完整的人。母親說：「他恨我，我也恨他，可是我們卻無法分離……也許連恨也沒有的時候才真無法活。他叫我痛苦，我叫他難過……所以我們彼此折磨著，卻也有點快活！我想他最大的快樂是等我有了情人，再殺死我！」父親也說：

「分手？從來沒想過。你知道，沒有折磨的生活空空盪盪的更難過。」

R. D. Laing認為，任何人與人之間的相互作用都能導致一定程度上的確認，至少在參與者的物理存在而言，即便是其中一個人在槍殺另一個人仍是如此。

於是他們有了一個共同的情人，那就是父親的朋友——他們似乎都只有在他那裡，才能確認自己。但這「朋友」也可

能只是他們的一種幻象，一個意念；他對兒子說：「我本來就沒真活過，我一半是你父親，一半是你母親，其實我就是你父母的另一個我。」又說：「……我是愛，我是恨！我是你的心！」

這父親的朋友，母親的情人，究竟是他們為自我確認而需要創造的一個COLLUSION（勾結性的虛構），還是只代表他們愛上了的愛、愛上了的恨，劇本裡有意不說，可能兩者都有。總之，他們三者之間的糾結導致了毀滅。

他們遺下給兒子的，就只有花與劍。兒子要確認自己，就只能圍繞著花與劍的兒子這個身分上。於是在丘立安與丘麗葉這兩個人的身上，他又隱隱要重複上一代的悲劇。為了解這個矛盾，為了作出抉擇，他特意千里迢迢回到「水的源頭，樹的根」，竭力要尋找能確認自己身分的「根」。他失敗了，因為這個根從來沒有確實地存在過。但是他仍不甘於走上上一代自我毀滅的老路。他不願意去跟隨那誘人的紅色的燈籠。他喊道：「父親，我迷了路。可是我不能跟你走。不能跟你走！我的路在哪兒？」

已渾身殘缺的他，憑藉什麼去找尋自己的路呢？

不禁想到那位在兩個月前發生了悲劇的天才詩人，他不是說過嗎：

「黑夜給了我黑色的眼睛，

我卻用它尋找光明。」

Buber也曾這樣說：「人一方面有這種需要，而且也是被賦以能力，去透過真正的交往去確認自己的個體存在。除此之外，他還有另外的一種需要，而且也是被賦以能力，通過他靈魂的苦苦掙扎達致對真理的洞察，以另一方式照明了地上的同胞，並從這裡達到確認。」但是否在無可奈何中還留下了一點光明的可能性，或許是悲天憫人的作者心有不忍罷！

這劇本是多義性的，它可以有許多不同的解讀，在舞台也可以有不同的演繹。本來它可以有單指個人家庭的直接破譯；這破譯雖直接，卻不一定簡單，因為像那詩人預言性的說法：「毀滅總是從家裡開始。」但作者的接近魔幻現實主義的手法使任何一個層面都不易讓思緒久留。也會聯想到這幾代海外遊子、民族尋根的似是永恆的悲劇：那父與母，是代表不同的政治力量、不同的意識型態、不同的土地。（而花與劍則代表中國那一方面是溫柔敦厚，另一方面卻是肅殺暴戾的兩種互不相容的民族氣質？）還是以母親指喻土地、人民和那撫育我們的種種，而以父親暗指政權、宗法及意識型態那些統制我們的一切……這些都不可言明，可能都有一些。又或者劇本是寫意人類存在的根本的問題，是跨畛域、跨民族共有的困惑。從最宏廣的

視野，到最深邃的開挖，都有可能。而劇本的魅力，就是這種模糊性。在藝術上它的若即若離使人留連；在思想和直感上他穿透了層層疊疊的本來是互相滲透貫穿的畛域。我們也不必及不應要求有單一的信碼，在「記號媒介」和「意義」之間找尋一對一「對號入座」式的關係。

　　何況，劇本似要展示的，還不是幾個不同層面上現象的本身，而是同時展開幾個異質同構的層面，在它們之上或明說、或暗指或隱喻的圖景互相映照、對話和互動。換句話說，有興味的不在劇本本身，甚至不在劇本或舞台演出可能破譯或聯想到的種種層面，而是在這些時隱時現，若有若無的層面之間的關係。「行到水窮處，坐看雲起時。」是否能以此劇為本，讓創造者與接受者達到真正的溝通，「一度創作」的劇本固然重要（而且已經成功），「二度創作」的導和演更須努力（特別是要避免找到一種信碼，便拚命在那個層面進行詮釋）；尤其重要的是，要預留空間給觀眾有真正的「三度創作」。

　　余秋雨曾說：「二十世紀的人類，也許已經抵達歷盡滄桑後的回歸期，再讓他們在審美領域認認真真地陷於具體屑小的人事波瀾，已不太樂意。到了這樣的年歲，思慮深且廣，言詞中不能不包含著哲理的重量，別人也總是帶著這種重量感的期許來看待他們的。」

　　所以，我們要是以「天馬行空」的跨度去解讀或在舞台上演繹馬森的這個作品，大概也是允許的吧？

　　擔心的反是，在這裡還是「門縫裡看人，把人都看扁了」。

（本文為一九九三年十二月香港中文大學主辦「當代華文戲劇創作國際研討會」所提論文，作者為香港大學教授）

劇作與劇作家才情
──《花與劍》留給我的思緒

余林

　　用真誠的態度，去尋找《花與劍》的生命力，你會透過那
一塊土地上的人群和力量，進入到一個難以擺脫的思考空間，
人生的歷練，留下了不少歲月的痕跡，選擇是痛苦的，選擇卻
永遠是一種激情。去領悟人的真正處境，被劇作家以凝重的筆
觸，凝注在鬼和兒子身上，鬼是由四個層面構成，父親、母
親、父親的朋友及鬼本身。結構的巧妙，呈現出劇作家的慧心
和那一份獨有的才情。

　　這是一部短劇，雖然篇幅有限，卻含蘊著相當的生命智
慧，每個被敘述的人物，只出現一次，而被敘述人物生活心態
上的「痛點」，給人們提供了一個認識生活的契機和思考的依
據。這些個不同的點，是相通的，又是各異的，它無形中形成
了一條線，再沿著這條線思考下去，從中引出自己認為正確的

結論。這個思考多少帶著既確認作品，也確認「自我」的過程。那種急切的心靈的溝通，帶著內在的強烈的渴望，使每個人的生活軌跡，如同心路歷程，有一種無法遏止的自踐與自殘，「我們的父母要我們結婚，我們又莫名其妙地生了你。」「他恨我，我也恨他，可是我們卻無法分離。」「也許連恨也沒有的時候才真無法活。」母親的婚姻如同一座地獄，一種自殘給生命塗上了一層灰色。那麼父親又怎麼樣呢？「不能忍受她分一丁點兒愛給別人。」「愛和恨是雙生的一對，有了愛，也就有了恨。」似乎人「沒有折磨的生活空空盪盪更難過」。這亦然是一種自殘。一半是父親的朋友，一半是母親的情人，他又是誰呢？對於兒子來講是一種痛苦的選擇。從一個一般的層次上來講，婚姻在一個特定的層次上如同是地獄，幸福只能由雙方攜手共建，只有放棄自我對幸福的追尋才會有幸福，生活難道只能是這樣嗎？思考的魅力將我們引進一個更深的層次，那就是兒子要走自己的路，而路又在哪裡呢。他似乎是個迷路的人，但有一點卻是清醒的，他並不想走父親的路。

　　中國文學中佈滿了流放文人的傷痕，一種精神放逐是作家的心靈同外在世界撞擊的結果。透過《花與劍》我似乎意識到了當代中國放逐者的情懷，歸鄉的渴望總是滋養著希望的夢，放逐者的「家」，隱藏在當今歷史的迷霧裡，差別是這個

「家」有幾個地域，使望鄉者的方向模糊。現實是「存活」的，而人們卻飽受著思鄉之苦，即使是滋養著希望的夢，這夢也多少是悲切的投影。對域外作家的作品和作家的心態我缺乏深切的了解，僅一部《花與劍》就使我意識到，社會現象提供了放逐文學的情景，一個並不像故事的故事是作家銘記自我的空間。劇作，從來就是一種生命現象，這種現象自然不是、也不可能是生命的寧息，而是生命的流動，劇作家的才情正是這種生命現象的生命源，含蘊著相當的生命智慧的劇作，將人們帶進一個獨有的天地，汲取著那裡的滋養，思考著人生的境況。

　　走過了幾十個國度的兒子，愛上了一個金色頭髮、碧藍眼睛的女孩，他把父親留給他的遺物，那枝已經枯萎卻依然散發著奇香的花朵送給了她。他想娶她，可他又遇上了女孩的哥哥，一個黑色頭髮、黑色鬍鬚的男孩，她把父親遺留下的生了銹卻依然相當鋒利的劍送給了他，她要嫁給他。兒，顯然是一個思辨的形象，既是一個面臨選擇的理念，又是面臨現實的一種浮躁。社會現象總是提供放逐文學的情景，作為戲劇文學，不例外地接受社會佈下的文學場景，舞台的聚光點，或者說觀眾和讀者的注目點，都集中在戲劇文學身上，因此戲劇即使觸及社會，並不在於去解決社會問題，《花與劍》使我在這裡久久地思忖著，那麼它的焦點在哪裡呢？在心靈的溝通上。放逐

牽繫著遠離情感上那個認同的「家」，因此它完全可能轉化為一種尋求，在一個未確定的空間裡尋找歸屬感，這種歸屬感可能是甜美的，也可能是酸楚的。我在讀《花與劍》的同時，讀了天津一位劇作家衛中的《長樂鐘》，這齣戲是透過歷史人物韓信的一生，巧妙地以一種自敘、自問、自責，獨自一個人臨死前的最後一次吶喊，悲愴中帶著人對主體價值的反思，它使人在這裡意識到人在不幸中所獲得的成熟、在愚懦中獲得的創造、在絕望中獲得的思索。如果說劇作家重視內在人格的無限超升，我從這兩部作品和兩位作家的作品裡都有所感悟，前者具有強烈的現代意識，後者追求戲劇的凝重感，深邃的民族文化心理是共有的，劇作家的才情正是在深層文化基奠的土壤裡觸及對時空變異的獨有的敏感。

《花與劍》已由上海現代人劇社付諸於舞台，原本要參加在北京舉行的一九九三中國小劇場戲劇展暨國際研討會，遺憾的是由於經費原因未能實現，這是一次極大的遺憾，我期待有那麼一天能看到《花與劍》的演出，來補充我的思索。這是一個具有濃重思考量的戲劇，思考向來是有魅力的。

（本文為一九九三年十二月香港中文大學主辦「當代華文戲劇創作國際研討會」所提論文，作者任職北京青年藝術劇院）

馬森戲劇創作與戲劇批評的美學論辯
——從《花與劍》的創作思辨談馬森戲劇批評的文化記號論

林國源

提要

本篇之作，希望透過馬森先生《花與劍》的創作心境一探劇中的內省深度，並進而就《西潮下的中國現代戲劇》與《造夢的藝術》中所揭言的文化記號論中的美學議題一探馬森先生「兩度西潮」之現代戲劇論的批評底基與戲劇本體價值論。

馬森的劇作家之為劇作批評者的筆非常敏銳，如對「擬寫實」與「後寫實」、「當代劇場」、「現代戲劇」的理論基架則來自清楚分疏的理論思辨與美學論斷，詩人（劇作家）之為批評家已自即興的印象批評（尤其是創作自覺）到系統的批評。

對九〇年代的「後現代劇場的拼貼、破碎、支離以及愈來

愈不像戲劇」的現象，馬森也提出了再思考與質疑，這一質疑在〈現代主義到後現代主義──臺灣「新戲劇」以來的美學商榷〉有更周延而深入的剖析與批判，馬森指出，就源頭而言，後現代主義戲劇並非從天而降而早就有其承傳的先行者，就其標程而言，不止小劇場演的戲符合了某種後現代主義的特徵，大劇場（或比較定期演出的劇團）也不乏符合「後現代」特徵之例。

　　但馬森的結論還是戲劇本體論的論見，馬森在評鍾著〈臺灣小劇場運動史〉一文中，反思一九九四年姚一葦、黃美序與馬森三人對鍾文對後現代劇場的「抵拒性」的論述提出「三問」、「細讀」、「再思考與質疑」，對美國的所謂的「後現代劇場」，主張「後現代劇場」的劇場現象並不能只限於「反敘事」與「拼貼整合」，卻「棄具有『自覺意識』的『後設劇場』於不顧」，此其一；如說打破藝術類型，那在邏輯上就只能有籠統的「後現代藝術」，而無所謂「後現代劇場」，此其二；何況因失去了時代風格，「後現代」一詞本身也是不確定的，此其三。

　　對「後現代劇場」現象的理解不免要援引到劇場記號學的劇場動作理論，這一現象與學理的對應關係，馬森也很敏銳地把握到，如他之評林克歡的《戲劇表現論》的最後一章涉及了

「複調」與「拼貼」即建議作者自劇場記號學的理論框架予以
討論；由此個人之研究現代劇場理論，即從布拉格學派的劇場
記號學入手，尤其是洪佐的劇場記號的流動性與維楚斯基的劇
場動作論，在此只能說可見出馬森的理論敏銳度。

　　　更高的幻想有其比現實更真的真實性，偶然事件的庸凡存
　　　在並非人生的實質。我的一生就是一場夢。
　　　　　　　　　　　　　　　　　　——奧古斯特・史特林堡

　　　荒謬比理性更理性，虛幻比真實更為真實。
　　　　　　　　　　　　　　　　　　　　　　　　——馬森

　　奧古斯特・史特林堡在《夢幻劇》的〈序言〉的這句話一
直是我感受戲劇與理解戲劇乃至分析戲劇的一個出發點，我們
看莎劇《哈姆雷特》何嘗不時興靈魂夢幻之旅的感喟，看莎劇
如此，看高行健的《冥城》又何嘗不如此。本篇之作，即希望
透過馬森先生《花與劍》的創作心境一探劇中的內省深度，並
進而就《西潮下的中國現代戲劇》與《戲劇——造夢的藝術》
中所揭言的文化記號論中的美學議題一探馬森先生「兩度西
潮」之現代戲劇論的批評底基與戲劇本體價值論。

壹、《花與劍》與馬森的創作自省

《花與劍》是鬼氣森寒之作。演出時，幕乍起，每即陰氣攝人，緊緊扣住、扣動了觀眾的心弦，有時還會即自激起一陣驚懼的掌聲。

兩座墳、兩棵樹、似隱似現的茅屋，伏枕台階的「兒」在歸鴉聒噪聲中翻然起身。

兒與母的對白，勾起了層層的疑點。雙手墓，左手執花，右手執劍；二十年前母親囑以「永遠不要回來」卻拗不過「回到你父親埋葬的地方」這時響耳邊的聲音，他回來了，回來尋問：「我是誰，能做什麼，哪裡去？」

花與劍，是父親的遺物，也是兒子送給兩位愛人的禮物（各送給丘立葉與丘立安兄妹）。這點出了這一代的「三角關係」，也勾起了上一代的「三角關係」，父親、母親與朋友。整部戲的張力就在這兩個「永恆的三角關係」（eternal triangle）上疑幻疑真，亦幻亦真地層層剝解與層層渲染。

> 母親有母親的說詞：父親與他的朋友雙雙失蹤，墓裡只埋了父親的雙手。
>
> 父親有父親的說詞：母親跟他的朋友雙雙失蹤，只找

到了左手執花、右手執劍的雙手掩埋。花是他送給母親的，劍是他送給朋友的。兒為今代三角做不下了斷與抉擇時，父親建議兒子學他，把兩人都殺了。

朋友有朋友的說詞：死的其實是父親與母親，父親挺劍刺死了母親，迴鋒又刺了自己的心窩。

朋友也勸誘兒子去殺死丘立葉跟丘立安，那便可以使他們從此活在兒的心裡。

兒子詢問：我是誰，你是誰，把父的一切都擲還給那紅燈籠，無聞於父親空洞的來來聲，兀自地又問：我的路在哪裡？

三顆心飄在盪起的層層波漣，在幕落時，令在場的觀眾心迴神揚，擊節叫好。

在劇作本身的分析上，筆者在此擬加以申言的是，劇中「永恆三角關係」與音樂對位法的結構特色，以及「我是誰」、「往哪裡去」內涵領域，並自「面具與面」探討一下馬森的鏡子——馬森戲劇藝術的世界。

首先有待指出的是，《花與劍》的戲劇結構是易卜生《群鬼》加史特林堡《魔鬼奏鳴曲》加馬森的鏡子的產物。《群鬼》的痕跡可從本劇的動作「從母親囑永不回來到回到父親埋

葬的地方」這一基本架構見出；《魔鬼奏鳴曲》的痕跡則在於
「先陳述，次反駁，三再現」的辯證架構與奏鳴曲形式，此形
式在母親，父親，朋友三人之各執一詞的展現上，正是音樂對
位法的運用；而兩代之間的三角關係，也是上述兩劇（尤其後
者）的基架，父罪子承（梅毒的遺傳）與新生代的斷念（父
親、朋友囑勸兒子殺了他所難下抉擇的愛人）。以上的結構組
合，經過馬森的鏡子（反寫實的戲劇觀），就成了鬼氣森寒的
《花與劍》了。

　　馬森自下言詮地說：「舉一個比喻，這齣戲好像一朵不
像花的人工花。雖然不像現實中的任何花朵，但確是作者居心
要說服觀眾，這是一朵比真花更真的花。這是一種『無中生
有』。」戲中的兒子既然「必得弄清誰是我的父親，我的父親
做過什麼，然後我才能知道我是誰，我能做什麼」，而所聽到
的確是三套各說各話的說詞，每一套說詞都否定了另外的說
詞。最後又回到「我應該聽母親的話，永遠永遠不回來。我應
該走自己的路」。可是，他把一切來自父親的還給父親，他的
路在哪兒？這部夢囈式的戲劇展現了兩代間的「永恆三角關
係」之無可逭逃，及對此一傳承關係（或可以稱之為輪迴）拒
絕與斷念可能性。在殺死所愛的遂行（commitment）與往去處
去的放逐之間，正是作者所要尋思的真際。

　　從劇中的四層面具的運用；前三層是在生時的糾葛，第四層骷髏頭；這層面具否定了以上三層，是以上三者的歸宿，也是兒子與他們三者間最大的差異處，這就是死生之間極其強烈的對比。而兒子把一切擲還給父親，露出裸露的光背，這是擲不還的肉身。肉身的誕生與消亡來自男女愛恨，男女愛恨也來自肉身的誕生與消亡，此而，「花」與「劍」即愛與恨，造與化的象徵，造化男女成此世界，男女愛恨成此世間苦，愛恨、造化是死生的條件，也是死生的極限，拒絕或突破，那得看各人的慧根與業命。

　　檢視《馬森獨幕劇集》，《一碗涼粥》與《野鵓鴿》老夫老妻的悲涼境遇，《獅子》中教書匠的境遇與政界強者的獅子哲學，《蛙戲》中眾生相，《蒼蠅與蚊子》中血食隱喻，《弱者》沒於物慾之中，《朝聖者》之朝歸西天。可以這麼說，這些形象與際遇是馬森的鏡子所照出的面具與面，那比現實更真的真實性呢？依筆者看戲讀劇的一點感悟，也許就在於「我的一生就是一場夢」這句話吧。馬森早即自下言詮了：

　　　　生活在同一個時代，類似的生活環境的人，該不會完全
　　　　不能理解我的一些夢魘。別人也有某些類似的夢魘的經
　　　　驗。即使沒有過，該也會偶然從一句話中，或一種特異的

形象中，接觸到潛意識中某些隱痛，因而受了一驚，竟突
然覺得那些原來散亂的模糊形象具體化了起來，領悟到
荒謬比理性更為理性，虛幻比真實更為真實。（馬森，
一九八七，頁一二）

這種夢魘、荒謬、虛幻的經驗與表達方式是西方現代戲
劇的寵兒，自史特林堡到沙特，伊歐涅斯科，貝克特，自象徵
主義，表現主義，超現實主義等等反寫實的戲劇，實在花式紛
繁，這些戲劇流別馬森應是耳熟能詳的，但最主要的是他自身
的感受，他自法國巴黎到墨西哥這一段時期的心境轉變：

幾次生活在這麼不同的國度裡，一切都覺得似幻又真。生
活中的浮相常常掩蓋了生活實質，於是眼睛追逐於光怪的
色彩，耳朵放逐於陸離聲域，在多采多姿的土風異俗中竟
渾然忘卻了人之所以為人之處。然而眾花繽紛的喧鬧，不
過是潛伏在種子中的那種基本的生機的表相，心神收攝的
時候，心靈就逐漸接觸到莊子所謂的「大同異」。透過了
不同的膚色，不同的語言，不同的習俗，忽然見到人的一
樣的血肉，一樣的慾望，一式的幻想與夢境。於是我注意
力似乎越過了表相，企圖去把握一些更直接，更真實的東
西。（馬森，《馬森獨幕劇集》，頁一七）

「人」的一樣的血肉，一樣的慾望，一式的幻想與夢境。依筆者研讀史特林堡《夢幻劇》的理解，那是一種形上的追尋，追尋最真實的自我，或最真實的人，從人性底層來真正主掌生命力的「一」。這「一」的證見，唯有如《鏡花緣》與《紅樓夢》中的「真作假時假亦真，假作真時真亦假」的創作觀去具現；《夢幻劇》中也點出了這種映鏡的真實性：

> 女兒：你可知道我在鏡中看到了什麼，整個世界上正軌
> 　　　了！對極了，因為我們是倒著來看世界呢！
> 律師：上正軌了，怎麼會呢？
> 女兒：只要複製品再——
> 律師：對！複製品，我一直覺得那是一個損毀的複製
> 　　　品。當我回到原創影像時，我就感到一切都已滿
> 　　　足，但人類稱之為「悲辛滿腹」，透過罪惡的眼睛
> 　　　來看世界和其他類似的事物。（史特林堡，《夢幻
> 　　　劇》，頁三〇六）

也唯有沉靜下來的心境，人才得以照見或洞悉顛倒夢想如幻如電的真實性，此所以莊子在見了「死與生與，天地並與」世界而作謬悠之說、無端崖之詞：

> 以謬悠之說，荒唐之言，無端崖之辭，時恣縱而不儻，不
> 以觭見之也。以天下為沉濁，不可與莊語，以巵言為蔓
> 衍，以重言為真，以寓言為廣，獨與天地精神往來，……
> （《莊子・天下篇》）

這種上與造物者遊，「與外死生者為友」的意思，其與莊子心齋、坐忘的層層割捨、層層集中、抽空然後所達成的衝激力或吸凝力非常之大，會令人啞然失笑，或令人瞬間解離。這正是我們看馬森劇作的演出當下，或當年創作心境的當下所處的心神狀態，本劇之為馬森劇作的嘎獨之作的代表應不是偶然的。

馬森劇本劇作從上述的直觀出發，在直觀的過程中峰迴路轉，到了後來則在感覺與經驗上得到理性思辨與外在理論的淬礪，終至有創作的理論自省，那就是角色演繹（semiosis）的各種突顯技術的靈活運用，腳角集中、濃縮、反射、錯亂、簡約等等不一而足，而這些所謂「技術性」的理論自省，在劇作技術上都是為了達到特定目的而運用；還有，產生創作機緣、觸發創作靈感的則在於上述「大同異」的穎悟與「死與生與，天地並與」之「上與造物者遊，下與外死生者為友」的意態。

馬森的劇作如此敏銳，他的劇作家之為劇作批評者的筆亦非常敏銳，如對《姚一葦戲劇六種》的評論，直揭《來自鳳

凰鎮的人》一劇尚未能擺脫「擬寫實主義」的窠臼，直就此劇
而論，姚一葦就劇中的角色轉換（小大、主奴、正邪、男女之
間）指出「他是第一個寫出新戲劇」的人；果如此，二〇〇〇
年第三屆華文戲劇節原擬推出《孫飛虎搶親》（一九六五）以
彰顯此劇在臺灣「新戲劇」的突破與新境，一九六五後因未能
徵得演出同意未能推出，現重讀馬森先生的此一論斷，不禁令
人憮然！而結語「我們必須承認姚一葦先生是從擬寫實的傳統
話劇過渡到後寫實的當代劇場的關鍵人物，也可以說是現代
戲劇中第二度西潮的領先弄潮者」中的「擬寫實」與「後寫
實」、「當代劇場」、「現代戲劇」的理論基架則來自清楚分
疏的理論思辨與美學論斷，詩人（劇作家）之為批評家已自即
興的印象批評（尤其是創作自覺）到系統的批評，這就引我們
進入到本文的第二個論述重點，馬森先生論中國現代戲劇的文
化記號論。

貳、《西潮下的中國現代戲劇》的文化記號論

　　詩人（劇作家）之為批評家，在進行批評時自然容易以主
觀、即興及印象批評為主，其長處是心有中主，道過而入，又
能做作適度的想像與推衍，故行文亦見活潑的生機，較不致流
於乾澀與偏枯，馬森戲劇評論之論姚一葦劇作、論高行健、論

紀蔚然、序評李國修等均能自「劇本仍然是戲劇的靈魂」（馬森，二〇〇〇，頁一三〇）。這一戲劇本體優先論的主張，揭立論述的觀點，一方面還能在臺灣與中國大陸之外還照應了兩個不應忽略的中心：香港與新加坡。

　　二十多年來，馬森戲劇評論與劇場批評的涵蓋面之廣於當今批評家中堪稱無出其右者，與之平行的小說家之為小說批評更讓人追風莫及，而在《西潮下的中國現代戲劇》集結成書之際，顯現歷史縱深與美學自省的系統批評於焉建立，其間，馬森建立了批評的底基：「採取宏觀的社會學視境，視戲劇為整體社會活動及文化變遷之一環。」歷經將近八年的教學與研究，馬森自覺到戲劇批評須有歷史縱深，一是臺灣當代戲劇的歷史縱深，由近而遠：

> 六〇、七〇年代的新戲劇、五〇年代的反共抗俄劇、日據時代的新劇運動以及文明劇以降的中國大陸話劇；另一條歷史縱深則伸向西方，至少要上溯到歐美的寫實主義、現代主義，以及目下眾說紛紜的後現代主義戲劇。（馬森，二〇〇〇，頁一一五至一一六）

　　前者自是《西潮下的中國現代戲劇》的尋源論述，後者則對西方現代戲劇二十世紀的新潮流加以論述，分述初期的後

寫實與反寫實戲劇，及後半期的劇場運動流派。而在論述過程中，對臺灣八〇年代的劇作與反劇中的「反劇作」現象則提出了質疑，正如他對「後現代」劇場之提出思考與質疑，這一劇場美學的富含歷史縱深思考、商榷與質疑一直延續到後來，除了〈任督二脈是否已經打通？——評鍾明德《從寫實主義到後現代主義》〉與〈《二度西潮或二次革命？》——評鍾明德《臺灣小劇場運動史》〉兩篇書評的質疑，最後還有一篇〈《從現代主義到後現代主義》——臺灣「新戲劇」以來的美學商榷〉，這一商榷議題的主要對象除了對鍾後現代的美學的前衛提出質疑；還對臺灣後現代劇場運動提出分析與論斷，是聯席研討論文〈對後現代主義劇場的再思考與質疑〉的延續，結論更為敏銳，戲劇本體論的主張仍一貫繫心戲劇文本，但馬森本人的劇本創作力已轉移，小說創作已浸浸然凌越了劇本創作。

　　茲先言馬森戲劇評論的批評底基與其戲劇的本體價值論。

　　為了對中國現代戲劇的討論具有歷史與文化縱深，馬森先揭言：

　　　　在理論上採取一種宏觀的社會科學的視境，……視現代戲
　　　　劇的發生與發展跟中國文化與社會的現代化有密不可分的
　　　　關係。（馬森，一九九四，頁三）

　　但他將這一文化變動的理論又約制在所謂十九世紀和二十世紀的人文科學中的「進化論」與「傳播論」上；進化論又約制在斯賓塞的「社會達爾文主義」及美國人類學家摩根《古代社會》的野蠻、開化到文明的進化觀，這種「進化論」社會學歷史思想的論點若作為批評的基石，那麼必須作更細緻的分疏，從黑格爾的歷史辯證論（象徵、古典、浪漫進化觀與歷史終結論）到阿多諾否定辯證美學，乃至文化之為價值系統的克羅白伯與格勞孔的文化思想論（余英時，一九八四，頁一一），單以達爾文社會主義來觀察人類社會之永遠處在變動不居之中並不是一件正面價值的選擇；倒是接著所揭示的「傳播論」，特別是文化傳播論之主動、被動與互動的模式，使後來的論斷一者為精確，兩者較貼合實情。

參、文化之為價值系統

　　一九八三年九月三日，旅美學者余英時教授應《中國時報》之邀，在國父紀念館以「中國文化與現代生活總論──一個綜合的看法」為題發表演講，後經補充、改寫，成《從價值系統看中國文化的現代意義──中國文化與現代生活總論》一書，論旨以文化是價值系統，對現代文化與現代主活的相關性做了分疏，對現代化與西化、對東、西方文化的內傾、外傾更做了思想史主線索式的批論，在尋求超越性的文化根源及人與

天地萬物、人與人及人與社群、人之與自我與人之對死亡等分述中、西文化特質；馬森對這一文化論述也有分點式地將文化價值論的論點寫入文論，經收入《馬森文論一、二集》之中。可以說，八〇年代臺灣的文化論述的格局已超越五四時代以來的珠盤，馬森的戲劇評論的價值把握上，早已超越社會達爾文主義之社會學階段進步說的主張，只是《繭式文化與文化突破——馬森文論四集》的文化論雖未收入後出的《西潮下》新版論著的〈前言〉，對後來論述的價值觀則包容甚廣，故評論能提點文化孤兒情結，對當代小說也能定位其間的中國結與臺灣結。也可以見出，〈期望具有史觀的評論——八十八年《表演藝術年鑑》戲劇評論總評〉一文中，馬森對戲劇評論之欠缺歷史縱深的批陳與質疑：

> 然而在大多數的劇評中，令人遺憾的是看不出評者對戲劇史的認識，所有的評論均像獨立於歷史的潮流之外，前不見古人，既未見西方之古，更難見我國之古，欠缺了歷史的縱深，如何為之定位？現代戲劇是一步步走來的，豈是憑空而降？是否我們的戲劇教育輕忽了「史」的訓練？抑或現代人寧願與前代斷絕關係？（馬森，二〇〇〇，頁三二九）

　　正因為馬森具有敏銳的文化價值感，故能在寫實主義、擬寫實主義、後寫實主義之分疏基架上對西潮下的中國現代戲劇加以歸類與分疏乃至劇場批評中對寫實主義、現代主義、後現代主義劇場運動予以範疇論次，並下定敏銳判斷。論中國現代戲劇的起源問題，馬森判斷「中國的現代戲劇誕生在日本」有些荒謬，但也並非沒道理，並接受下列的結論：

一、《茶花女》是純粹以西方現代舞台劇的形式（沒有歌唱、鑼鼓）演出的第一齣中國話劇。

二、《黑奴籲天錄》則可能是第一個改編的話劇劇本。

三、「春柳社」的社員在日本東京演出的《熱血》，應該算是相當合格的西方式的舞台劇。

　　再看後來馬森對曹禺的評論，同為劇作家之為劇評者，他確能提出明快的論斷：

他（曹禺）說醞釀最久的是《雷雨》，比較成功的是《北京人》。這與我個人的看法不盡相同，我覺得他的作品中最好的還是《雷雨》。《雷雨》雖然算不了是成功的寫實劇，但是可以稱得上一齣上乘的「佳構劇」（la

pièce bien－faite）。《北京人》呢？因為用了太多的象徵
符號，難免損傷了作者寫實的強烈企圖心，卻又沒有佳構
劇的緊湊與突顯的懸疑。（馬森，二〇〇〇，頁一〇〇）

再看他對姚一葦先生劇階分類論述：

他的劇作呈現多元的面貌，有傳統話劇式的《來自鳳凰
鎮的人》，有國劇《左伯桃》，有歷史劇《傅青主》、
《馬崽驛》，有受史詩劇場影響的《孫飛虎搶親》、
《碾玉觀音》、《申生》，有走向荒謬劇場的《一口箱
子》、《訪客》、《我們一同走走看》、《大樹神傳
奇》，有儀式劇《紅鼻子》，有說理劇《重新開始》
等。（馬森，二〇〇〇，頁一〇九）

對自身劇作與同好在劇作境界的把握上則有充分的自信與
自知之明：

……等到他遊美歸來後寫的《一口箱子》
（一九七三）和《我們一同走走看》（一九七九），又添
加了謊謬劇的意味。

　　我在一九六七年寫的《蒼蠅和蚊子》和《一碗涼
粥》，是受了西方當代劇場的影響以後的作品，裡面有荒
謬劇的影子和存在主義的一些觀念，再加上我自己實驗的
「腳色儉約」、「腳色錯亂」等技法，有意識地跳脫出傳
統話劇的形貌。……《花與劍》（一九七六）則企圖打破
演出時角色必須具有性別的常規，進一步挖掘人物的潛在
意識，是演出最多的一齣。（馬森，二○○○，頁三七）

肆、臺灣「後現代主義戲劇」的濫觴

　　而且這一自覺還成了宣稱六○年代中期是臺灣「現代主義
戲劇」、六○年代末期是「後現代主義戲劇」的濫觴此一論斷
的理據。這一論斷先得一探馬森對尤乃斯科及荒謬劇的典範擺
置與歷史定位：

　　尤乃斯科等人的戲所以在戲劇的發展中形成一次強烈的
革命，因為他們在表現的方式上完全悖離了戲劇的傳
統。西方戲劇兩千年來一直遵循著亞里斯多德在《詩
學》（Poetics）中所釐定的三段式結構（開始、中間、結
尾），並重視情節、性格、思想、修辭等要素。荒謬劇在

　　結構上常常有頭無尾、有尾無頭、或者無頭無尾。荒謬劇
　　多半無情節可言，人物以符號代之，不必有性格。思想
　　最好不像思想。至於修辭，過去的邏輯與美學標準一律
　　失效。尤乃斯科所致力表現的正是語言溝通的不可能以
　　及語言的失序。他戲中的語言，符徵（signifiant）與符旨
　　（signifié）常常是悖離的。因此，荒謬劇不但意欲呈現人
　　生的荒謬，同時表明「呈現」的方式也是荒謬的。（馬
　　森，二〇〇〇，頁三四八至三四九）

　　這段長引所可辯證的一是尤乃斯科之為戲劇革命，是在
表現方式上完全悖離了戲劇傳統。但這一傳統並非「西方戲劇
兩千年來一直遵循著亞里斯多德在《詩學》中三段式結構」的
傳統，所悖離的充其量只能是義大利古典主義的傳統，那不過
五百年；其實，這是布烈希特「非亞里斯多德的劇場美學」的
延伸。尤乃斯科在《劇作論集》卷二提到：「布烈希特是我的
唯一的神（上帝），我是他的先知。」（"Brecht est mon seul
Dieu. Je suis son prophète"）。（Ionesco, Théâtre II，p.43，經引
入修夫娜，一九六八，頁六〇）），而且尤乃斯科所要「解秘」
的正是「被神化的人民」：

人民，你被神祕化了。你將被解秘……我已為你揭立
解秘者的大旗（也就是雇主）。他們將把你解秘，為了去
異化人性，勢必須異化每一個人於特別的……而且你將擁
有人民的湯水。

Peuple, tu es mystifié. Tu seras démystifié……j'ai élevé
pour vous un troupeau de démystificateurs（nämlich Gänse）
. Ils vous démystifieront. Pour désaliéner l'humanité il faut
aliener chaque home en particulier……et vous aurez la soupe
populaire！（Ionesco,Théâtre II. pp.137-138）（經引入修
夫娜，一九六八，頁一四○）

　　此而，尤乃斯科的「荒謬」結構仍有來自布烈希特疏離效
果的痕跡，而且，若以布拉格記號學的源頭理論俄國形式主義
之陌生化理論來衡量，則馬森此處所提到的尤乃斯科戲劇中的
語言，能指與所指之悖離，仍在辯證法下的異化論的系譜下。
修辭上，「過去的邏輯與美學標準」一律失效，這「過去」字
眼的過去式並不能涵蓋兩千年 。「而所呈現的戲劇世界如果
為荒謬的，那麼『呈現』方式也是荒謬的。」換言之，劇場表
演方式應也是荒謬的。此所以馬森在留法時看尤乃斯科戲劇演
出而覺得初看《禿頭女高音》時「跟一個看慣了具象繪畫的人

突然站在一幅抽象畫的面前那種手足無措的感受一般。」（馬森，一九九六，頁二四）。這一衝擊後來為「謬賞」的嚮往，如莊子謬悠之說，其荒謬美感後來馬森還將這齣戲中譯並導演於國立藝術學院創辦第二年的戲系學期演出。此而，荒謬劇不但是馬森創作的美感根源，且是馬森導演的對象之一，而在評論之際，又是兼攝、理解臺灣劇作家姚一葦、黃美序等人之於六〇年末已為後現代劇場之前驅的一個共通的特色！

　　另有一點是馬森論尤乃斯的戲劇語言有「他戲劇中的語言，符徵（signifiant）與符旨（signifié）常常是悖離的」。既然馬森用這一記號學的能指與所指之裂解來說尤乃斯科的戲劇語言，這一分疏的理論進向若衡之以陌生化理論之化自俄國形式主義論者什克羅斯基與突顯（actualisace）疏離（alienation）之記號演繹及其傳播互通的情形，則馬森論二次西潮下的中國戲劇，既然依記號的兩蹶以論尤乃斯科戲劇語言的乖訛，即在理解後現代主義劇場演出時未能接納混合的藝術類型：

> ……在二次大戰以後，西方劇場似乎經驗了一大段「破」而未「立」的歷史。從「荒謬劇場」質疑語言的表意能力，因而在章法上悖離了傳統戲劇的結構要素，到阿赫都（Atonin Artaud）倡議放棄文學劇本，取法東方以

演員為主體的表演功能在六、七○年代所發揮的巨大影響；在在都使今日的劇場無意延續既有的規矩，群趨各立己見的創新之見。於是「戲劇」的定義無形中被「解構」了。

話雖如此，馬森先生還是點出一九七九年的一次學生劇展，被姚一葦稱作「一個實驗劇場的誕生」，竟成為八○年代一系列實驗劇的前導。八○年代的小劇場運動馬森有宏觀的敷布，細數前奏實驗劇目，表列五屆實驗劇展的劇目，並展開八○年代小劇場雨後春筍式的冒出與「形成」一種不容忽視的社會現象。馬森為此一劇場運動下的結語是：

就臺灣一地整體文化的發展而言，這個運動代表了從官式文化到民間文化，從群體文化到個人文化的轉變。……這種變化，將來在大陸上的文化變革中，勢必也要來臨。

伍、臺灣「新戲劇」以來的美學商榷

但對後續的發展，如九○年代的「後現代劇場的拼貼、破碎、支離以及愈來愈不像戲劇」的現象，馬森的看法正像〈後

現代劇場三問〉的姚一葦，他也提出了再思考與質疑，這一質
疑在〈從現代主義到後現代主義——臺灣「新戲劇」以來的美
學商榷〉有更周延而深入的剖析與批判，馬森指出，就源頭而
言，後現代主義戲劇並非從天而降而早就有其承傳的先行者，
就其流程而言，不止小劇場演的戲符合了某種後現代主義的特
徵，大劇場（或比較定期演出的劇團）也不乏符合「後現代」
特徵之例。但馬森的結論還是戲劇本體論的論見：

> 作為一種美學風格，後現代主義戲劇首先應該是「戲
> 劇」的，不能「打破藝術類型」，否則雖有「後現
> 代」，將無所謂「後現代的戲劇」；其次必須具有可以
> 描述的「現代主義」以後的「時代風格」，否則將無
> 「後現代」的風格一事，遑論「後現代戲劇」了。（馬
> 森，二〇〇〇，頁七八）

據此論，馬森的戲劇本體論的論見如虹貫日地從春柳社演
劇到中國話劇的起源與開展，從五屆實驗劇展到八〇年代臺灣
小劇場運動的勃發，馬森最看重的還是戲劇的本體價值，也就
是說所看重的是文學劇場的戲劇文本；至於演員劇場，依馬森
的論見，原來中國即不乏此一傳統；然還有導演者劇場，以及

設計者劇場（如「來自波蘭的系列」，或羅勃‧威爾森的「新經變劇場」）又如何呢？

　　試再溫習一下馬森對「後現代戲劇」界說的引論，馬森認為「鍾書」（《從寫實主義到後現代主義》）對質疑的答覆並未能去疑，馬森當初的質疑「仍然留在原地」。並認為「後現代主義之出現將三分現代戲劇的天下」之假設「十分勉強」，而且「自我矛盾」。這一駁論非常敏銳，接續在評鍾著《臺灣小劇場運動史》一文中，反思一九九四年姚一葦、黃美序與馬森三人對鍾文對後現代劇場的「抵拒性」的論述提出「三問」、「細讀」、「再思考與質疑」，對美國的所謂的「後現代劇場」，例如威爾遜的作品，指為曇花一現，已成過去，先前（九六年文）亦指出：

> 鍾書中所舉的幾位後現代劇場的大師諸如謝喜納、羅伯‧威爾遜（Robert Wilson）等，如今又重新回歸到寫實主義大師的作品，是否意味著他們已自覺與其他藝術類型無所區隔的拼貼式的所謂「後現代主義劇場」只是一條此路不通的死胡同，是值得我們繼續觀察的。（馬森，二〇〇〇，頁三〇二）

　　這裡的論辯理據主要建立在「後現代劇場」的劇場現象並不限於「反敘事」與「拼貼整合」，卻「棄具有『自覺意識』的『後設劇場』於不顧」；此其一；如說打破藝術類型，那在邏輯上就只能有籠統的「後現代藝術」，而無所謂「後現代劇場」，此其二；何況因失去了時代風格，「後現代」一詞本身也是不確定的，此其三。

　　對「後現代劇場」現象的理解不免要援引到劇場記號學的劇場動作理論，這一現象與學理的對應關係，馬森也很敏銳地把握到，如他之評林克歡的《戲劇表現論》的最後一章涉及了「複調」與「拼貼」即建議作者自劇場記號學的理論框架予以討論；個人之研究現代劇場理論，即從布拉格學派的劇場記號學入手，尤其是洪佐的劇場記號的流動性與維楚斯基的劇場動作論，在此只能說馬森的理論敏銳度，進一步的論述只好留待他日了。

（本文作者為國立台北藝術大學戲劇系教授）

參考資料

馬森，《腳色》（台北：聯經出版社，一九八七），（台北：書林，一九九六）。

馬森，《西潮下的中國現代戲劇》（台北：書林出版，一九八四）。

馬森，《燦爛的星空——現當代小說的主潮》（台北：聯合文學，一九九七）。

馬森，《追尋時光的根》（台北：九歌出版，一九九九）。

馬森，《戲劇——造夢的藝術》（台北：麥田出版，二〇〇〇）。

馬森，〈從現代主義到後現代主義：臺灣「新戲劇」以來的美學商榷〉（台北：第三屆華文戲劇節學述研討會。《聯合文學》，第一九期，二〇〇〇年九月）。

余英時，《從價值系統看中國文化的現代意義》（台北：時報出版，一九八四）。

姚一葦，《戲劇原理》（台北：書林出版，一九九三）。

姚一葦，《姚一葦戲劇六種》（台北：華欣出版，一九八二）。

耶拉姆（Keir Elam, 1980），《劇場與戲劇記號學》（*The Semiotics of Theatre and Drama*），London and New York：Routledge。

修夫娜（Agnes Hufner, 1968），《布烈希特在法國，一九三〇至一九六三》（Brecht in Frankreich, 1930-1963），Stuttgart：J. B. Metzlersche Verlagsbuchhanlung。

馬迭卡與第杜尼克（Matejka, Ladislaw, and Titunik, Irwin
　　R.（eds）, 1976），《藝術記號學：布拉格學派論集》
　　（*Semiotics of Art: aque chool Contributions*），Cambridge,
　　Mass.：MIT Press。

鍾明德，〈抵拒性後現代主義或對後現代主義的抵拒：臺灣第
　　二代小劇場的出現和後現代劇場的轉折〉（台北：中外
　　文學，第二十二卷，第五期，一九九四），頁一〇六至
　　一三五。

鍾明德，《從寫實主義到後現代主義》（台北：書林出版，
　　一九九五）。

鍾明德，《臺灣小劇場運動史》（台北：書林出版，
　　一九九九）。

鍾明德，史特林堡，《夢幻劇》，林國源譯（台北，志文出
　　版，一九八〇）。

「我」詢問，故「我」存在
——試析馬森《花與劍》

林湘華

提要

　　馬森《花與劍》這部劇作，最特殊的是他「腳色式人物」的創造，以及瀰漫全書的荒誕而不明確的表現氛圍，這也是一般評論者注目的焦點。然而筆者認為創作手法和情節等問題，不應獨立處理，必須在統攝著這種種創作因素的整體形式特徵的把握之下，才能掌握創作實踐的意義，突顯具體表現之意涵。

　　因此本文採取符號學美學立場，視作品為單一而完整的藝術符號創造，是作者對人類情感理解的表現。在此立場下，透過對這「有表現力的形式」的洞察，掌握作品的整體特徵，並在以此表現基調為前提下，探討一切創作因素，包括主題、素材、手法等意義，掌握個別作品創作的獨特性。

壹、前言

《花與劍》是作家馬森於一九七六年寫成的一部獨幕劇劇本，現收於其獨幕劇集《腳色》一書中。

馬森的創作向以哲理性見長，並運用了一些特殊的技法來表達這種哲思，這也引得許多評論者，或者就其表現技巧的特色，或者著眼於其思想觀念，分別地解析其作品。但這種分開處理，容易陷入視角的片面性，對於作品的有機掌握，提供導演二度創作的依據，未免有所不足。

本文試圖換一種觀照方式來掌握這種技巧與內涵的關係，採取符號學美學[①]的立場，把所謂的思想內涵和表現技法，視為一個整體形式下的互助功能來研究，以期能夠有機地掌握整個作品所表現。

所謂符號學美學的立場，也就是視整部作品為一個單一而完整的（表現了「情感概念」的）藝術符號，探討作者如何透過一完整藝術符號的創造，以表現創作家獨特的對人類情感的理解[②]。

在此立場下，一部作品將被視為一個具有表現力的形式，也就是一個基本符號。創作者將一切創作因素統一在這個整體形式中，創作的目的，就在於這個符號形式的完整建構。這個

符號形式同時是創作的基礎和最後的歸趨，而任何藝術評賞的
前提和結果，也是在達到對這個完整形式的洞察。

　　由於藝術形式最終是為了表現情感概念，作品就是為此而
創造出的「有表現力的形式」，一切的創作因素，包括素材、
手法等，都統攝在這個表現的基調（朗格稱為「指令形式」）
之下。「來自更深的想像的泉源而非藝術本身的主題，以及藝
術家為此而產生的感情，賦予作品以基本的形式因素：範圍與
強度、視野與基調。」（蘇珊・朗格，頁二九三）因此，對任
何一部作品的分析和探討，也都必須指向對其符號形式的洞
察；也就是說，必須在以獲致整體的形式特徵為前提之下，對
作品各種內在因素的討論才有意義。這就是朗格所強調的「形
式直覺」③的作用。

　　文學作品，也像其他藝術創作一樣，是一種將情感符號化
的形式創造，一個完整地表現情感概念的符號；所不同的，只
是它是以語言為素材的形式創造。語言在此，充當一種材料，
作者以種種手法、技巧摶塑它，建構其特有的符號形式。這意
味著，透過這樣的形式作用，脫離了它日常用法——語言結構
中推論式的特徵，以獲致藝術符號非推論、非限定的功能。

　　也就是說，無論是主題或語言結構，這些由語言的推論功
能所構成的因素，都不應是文學研究的最終標的。它們都屬於

一種被選擇的素材，是作者運用創作手法搏塑這些材料，使它們擺脫了一般語言的功能，而建立了屬於作品的「有表現力的形式」[4]。各個內在因素，包括內容、主題、手法，都沒有個別實在性，它們只是為了發展成一個整體形式以表現。因此，本文期望在獲致這個具有整體特徵的「有表現力的形式」的目的下，以主題和語言結構為一種材料特質，綜合地探討作者對這些材料的處理手法，以達到對這個形式的洞察[5]。並透過這種綜合解析，釐清作品的表現型態、表現效果，以見出劇作家的獨創性所在[6]。

貳、符號形式──劇作家創造了什麼

目前，關於這部作品的評論，主要就是收在此書「附錄」中的九篇文章（馬森，頁二五六至三四五）。在這些文章中，有偏重從情節內容解析其中隱喻的深意，如林克歡〈馬森的荒誕劇〉、曹明〈於荒誕中觀照人生〉、陳載澧〈《花與劍》的斷想〉、余林〈劇作與劇作家才情──《花與劍》留給我的思緒〉；有就腳色的創作形式提出質疑，如黃美序〈《腳色》的特色〉；有就兩者分別來說明本書劇作的特色，如徐學／孔多〈論馬森獨幕劇的觀念核心與形式獨創〉；其他則是對書中劇作做通論式的介紹。

　　幾位作者都提到這部作品的解析之難，主要因素在於瀰漫全書的「現代劇」的特色之一──「不明確」的意旨。如果暫時先以這些錯亂、離奇、不明確為前提，在急於為它作「現代劇」、「荒誕劇」的分類之前，我們可以得到些什麼？

　　我們先從一個比較明確的成分著手：對立架構。

　　在內容的分析中，最顯著的是種種分裂且彼此包含互具的質素所呈現的對立的關係架構。例如：由「不著面具／著面具」及「淺藍、白色的清新的絲質長袍／黑色、褚色傳統的毛質或棉質長袍」所造成的「明朗、純真、青春純美的現在／鬼魅、陰森、撲朔迷離、真假難辨的過去」的對立；在相關的愛與恨的敘述中，也有著「實在的感覺感受」對「觀念式的想像」的「實在／幻象」的對立；「花」與「劍」的「柔美／剛健」的對立；以及在相對行為中突顯的自／他、男／女、愛／恨等等對立關係。而這其實也是種種對立的內在感受的呈現。

　　有了這些之後，我們可以得出情節有這樣的邏輯架構：

情節由隱至顯	平衡	自／他、男／女、愛／恨、過去／現在、實在／幻象	同一
	平衡的破壞	發送的行為 （花與劍啓動了動作的發生） 自―他、男―女、愛―恨、過去―現在、實在―幻象、	分裂
	尋求新的平衡	失去相對性的一端，但另一端亦不能獨存 ↓ 毀滅	片面
	新平衡	「兒」（男／女、花／劍渾沌共存、自／他、愛／恨、過去／現在、實在／幻象一體的狀態）	虛無（鬼）
	新平衡的破壞	發送的行為 …… （預期）未來情境毀滅或並存的兩難	……

　　這結構在內在邏輯上經歷了「平衡→破壞→新平衡→再破壞→……」的過程，而決定這過程推進的，是這些對立質素的同一與分裂的狀態。

　　就戲劇效果而言，這些對立，在整個情節中，加強了戲劇衝突的張力，造成了內在的形式懸念。二元對立的架構下，自我毀滅性被設立了[7]。這種靜態的結構帶出了形式的懸念，一種命運的預感隱然成形。

在這樣的架構下，接下來我們看看使得它們不明確的因素
——面具以及羅生門式的敘述。

本劇中實際扮演的人物只有兩個：戴著面具的「鬼」（依
次是「母」、「父」、「友」、「鬼」四層），不著面具的
「兒」。不著面具的「兒」尋求自我存在的依據，著面具的
「母」、「父」、「友」代表著「我」所從來的過去現在，它
並且被期待為作為未來的導引。

不著面具的青年，他正為了不定的未來而來找尋過去；
作為過去事件代表的「父」、「母」、「友」，則以戴著面具
的鬼扮演。相對於一方面是實在的、現在的，另一面則是虛幻
的、過去的。而一切現在又是源自於過去，實在的意義又須憑
藉這虛幻來定位。過去／現在、虛幻／實在、主觀／客觀，是
相互依存的；但它們之間相互的對峙，也是很明顯的。

面具本就有一種「遮蔽」的意味，它假定了背後有一種客
觀的存在。然而揭開面具卻更顯出事實的糾纏，面具之後又是
面具，反詰了究竟有沒有背後的真實存在？即使有，在這些虛
幻與實在、主觀與客觀混同的心象中，它還能被得到嗎？

除了面具所顯示的真假難辨的幻象外，羅生門式的敘
述，則給這些對立質素間的關係，鋪染了模糊的色調和交錯混

雜的氛圍。像一面面各自扭曲了部分的鏡子，相互牴牾，卻又彼此照映出部分可能的真實。面具和羅生門式的敘述映現了在人類認知能力的悖謬下，不可逃避不可追問的兩難和徬徨無措的情境。

還有，就是「腳色」式人物共相描述的作用，支撐在這些背後，形成一種這樣的意味：「只要是具有這種身分的人，就……。」「腳色」式人物，像「符號」式人物一樣的，也致力於呈現人類的某種共通性[8]。「腳色」式人物具有一種群體共相描述的意義，因為它不屬於某種特定人物、特定處境，特別是作者所選用的多是社會生活中最基本的腳色，它更具有一種人類共同命運的意味。

以上這些因素透過腳色式人物的設計，更使之達到呈現某種本質性問題的效果。種種二元對立又並存的困境，在群體共相描述的意義之下，成了一種人類本質的必然的困惑，生命中共同的自我摧毀的命運。

到這裡，可以看出什麼樣的創作意圖？也許暫時可以給它這樣一個整體的形式特徵：「有意透過多種（對立）經驗的複合，運用本質抽象突破表現障礙，以說出那不可說的、複雜的、難以理解的人類本質。」

參、在整體形式下的表現型態

以下，我們透過情節發展來說明這個意在表現人類本質的，包含種種複合經驗的抽象形式，以及它真正表現了些什麼對人類情感的理解。

一、對立經驗的複合

關於「對立經驗的複合」，首當注意到的便是作者如何運用架構中的種種對立質素，讓它們透過面具和羅生門式的敘述，創造藝術的非限定性，以使之並存地融合在戲劇的整體形式中。

對立的質素，以一種極端的方式，代表了內在生命經驗中種種分裂、矛盾、複雜而又彼此交織的感受。這些經驗原屬於人類生存境遇中的多種面向，透過「兒」面臨抉擇、尋找自我的主題，聯繫在一起。

作者安排面具一層一層地揭露，藉以引出羅生門式的敘述，透過這樣的藝術手法，讓這些本非合邏輯的矛盾經驗，包容在一個完整的形式裡，並且推動了這個靜態結構的發展。

面具的揭開，使得原本靜態結構中各個對立的質素聯繫了起來，並且呈現了生命經驗中這些對立質素的混雜、錯亂的狀態。這些心象流動了起來，啟動了形式由隱至顯的動態發展。

　　二元架構中的種種緊張，透過動態的發展被轉移，集中在「兒」身上的這種張力，成了人的存在與世界的必然對立。戲劇的張力最後移轉到這種對人的存在與世界之割裂的詰問。

　　情節一面展開，但也一面將問題集中在「兒」身上。扣緊「兒」的追問，過去事件的告白，同時也相對地映現出「兒」與丘立葉、丘立安的關係；過去事件的真假難辨，各自回憶中的分歧、交織、錯綜而紊亂的生命體驗，都集中在「兒」的矛盾中。追問生命根源的問題，便由隱然的對立架構，成為兩難的處境的開顯。

　　這種「兒」之事與「鬼」之事的交相對映，且集中在「兒」身上，隱喻了可能一切原就是他自身的心象。如果找不到所謂「客觀」的真相，那麼，一切所呈顯的和他自身的心象有什麼兩樣？在客觀與主觀的交纏，往事與現今的交映下，使得追問存在的真相成了追問「自我」，「存在」的問題變成「自我」內在的質問。

　　種種的心象本是認識自我的鏡子，心中的鏡子一面面被打開了，「自我」卻更模糊。問題一開始，就啟動了頭尾相啣、內外混雜的無限循環。追問「自我」，就預設有一相對的客體，可是，誰是「主」？什又是「客」呢？主客本來就是相互依存而混沌的，又如何做非此即彼的選擇呢？

　　可是，人要對生活做出選擇，不是要依賴對生存處境的明瞭和掌握嗎？這不就又要從對「自我」的理解開始嗎？這個問題的無解，不就注定了人的生存處境永遠是一團迷霧，毫無方向的嗎？虛與實交織、過去與現在混同、人與我難辨、心象與現在同時呈現，這就是存在的本來面目。一直以來，「我從何處來，將往何處去？」作為生命活動的基本追尋，都預設了人生有一種可以透過理性去把握的客觀「本質」存在，以這種本質為前提，人才能理解人，選擇未來，這就是所謂認識自我的問題。

　　但是，這些所謂的客觀本質，難道不是被人的主觀意願、認知能力篩檢過的結果？然而，它們又不全是主觀的經驗的產物，它多少還受一些非自我所能決定的外在因素決定。如何判分？主觀／客觀、過去／現在、真實／虛幻重重交疊，相互依恃，人類認知能力自身的悖謬，以及結構中所表現的自／他、愛／恨、男／女等生命經驗本然的對立，動搖了人生存在的基點。

　　面具和羅生門式的敘述，是沒有「中心」的敘述，真相的無法揭露，是對真實可能「再現」的懷疑，生命所渴望的「本質」，是找不到的。

　　「找不到本質」的存在，是一種什麼樣的存在？

　　在這整體特徵之下，這些手法所造成的混亂、模糊與困境，卻不是去意義、去主體，相對地，它們突顯了主體的困境，在這種意味下，是在揭示主體的某種樣態，但這種樣態的意義是不可掌握，不能被給予的。劇末拒絕父親的呼喚，指向一個人「內在引導」的失敗；真相的不可追尋，指向自我形象認定的破滅。這種種破滅，又更加地將行動的意義指向行動本身。

　　因此，意義完成於當下的行動之中。這個追問的行動，就是他自身的意義。一切的追問，可能終歸是一團混亂回聲的吶喊。但重點不在於得到什麼回聲，而在於這聲吶喊。這聲吶喊，就是存在必要的意義，必然的結果。明知不可知，但還是要追問，還是要探查，即使落入歧異的無限循環，但這種詢問就是人生存在的起點，這就是人生無可奈何的悲劇。

二、本質抽象

　　這種對立經驗的複合體，被安置在本質抽象的手法上，以突破表現障礙，得到對人類觀照更高的概括性[9]。這種抽象，是以「概念的真實」取代「生活的真實」，是透過事實的抽離所建構的共相模型。這種模型的意義，就像笛卡兒式的抽離生活萬象的干擾，而將問題集中在存在基點，詢問某種必然性。由於模型本身解釋力與預斷力的強制作用，以獲取對人生本質更高的概括性。這也使得前者在某種命運的必然性上，更勝於

後者。在這種本質抽象之下，更加突顯悲劇中「必然的厄運」無可逃避的命運。用這種笛卡兒式的生命基點的質疑，發揮了「無所逃於天地之間」的感慨。

相對於其他個體描述的創作手法，訴諸對他人命運的凝視和移情的作用；腳色式人物則意指著任一觀照者，在自身的存在處境中，複雜的生命經驗被抽象出來，成為一種本質的呈現。

這樣的創作手法所引領讀者的幻象模式也會有所不同。例如：一個像哈姆雷特王子這樣的具體的劇中人物，所代表的是一種特殊的情境，一種你我未必會遇上的特殊情境。它的目的在引起我們對這情境、這種性格所代表的一種人生樣貌有所同情共感，引發內在感情的共鳴。在作者專斷的形式的引領之下，籠罩在作者所要表現的純粹狀態之下，「當我是他」的心理設想，使讀者遠離了自身所在的局限，進入了對某種生命狀態的直觀，進入了更為開放的存在樣態，獲得了更深的理解。

相對地，抽象的作用就是要你去親臨自身所在的局限，這就是生命的本質。以人生社會存在的基本腳色所代表的人物，本就有一種普遍遭遇的內涵，隱喻著人必不可免的處境。在明白了然「人皆如此」、「愛情的本質是如此」的心理狀態下，

讀者自身的理性推動著自己走向矛盾，走向可以預期的必然的
兩難的局面。

　　因而這些將生命經驗抽象呈現出來的分裂、矛盾、兩難，
也直接就是我人困境的幻象。讀者所感受的生命幻象恰不是建
立在他人的命運之上的，而是直接訴諸自己的生命疑惑，讀者
（觀眾）是在沉思著、咀嚼著自我懷疑、自我否定的情態，而
不是同情於他人命運的情態。

　　結構上明確的對立，腳色式人物所隱喻的必然性，加上獨
幕劇本身時空的絕對性，配合簡潔明白的思辨語言，腳色式人
物，在獨幕劇中，直截了當地抽象出這種理性的困境。

　　生命經驗可以非常多樣、複雜，但作者有意表現的是它最
純粹的本質，透過腳色關係呈顯其中根本的矛盾，一切經驗被
化約為一體兩面必然地並存和分裂。混亂而難以辨認的生活經
驗，在一場獨幕劇中，抽象地呈現為清晰而兩難的選擇。

　　與「移情」的效果不同，抽象的手法，不在於客觀描寫具
體存在的對象，而在於呈現一些非客觀存在的問題；不在於描
寫存在具有什麼樣的真實樣態，而是對它激發出詢問，一種基
點式的質疑，一種沒有答案的詢問。這不可能解答的追問，集
中了對立質素中的種種衝突，成為劇中的主要張力，也是掌握
了整體的「形式的懸念」所在。

　　除了「腳色式人物」之外，語言在這裡，也是促成本質抽象的一個要角。依著這結構而展開的對話，這些思辨性的語言有幾個特色：

1、情感明確，運用許多疊沓複現的句子，抒情而具戲劇性。

2、一語中的的詰問，充滿力度，而簡潔清晰地直指核心。（這種簡潔清晰指的是語意方面的，而非情節的）。使得架構中的對立質素，更顯出衝突的尖銳性。

3、對話中充滿自我分析，自我質疑，流露出強烈的自我意識。

　　這種自我分析式的清晰而充滿強烈情感的語言，反映了人物渴望自我了解的神經質，是一種抽離外在實際的、強烈的內心現實的實現[⑩]。一齣獨幕劇對話不能太過複雜，語言的情感明確和自我剖析，有助於問題的集中，吸引讀者專注於這種自我詰問的狀態。

　　這種經過抽離的模型的幻象，確實很像「一朵不像花的人工花」，然而對於窮盡人生的詢問而言，卻是「比真花更真的花」。對於導演的挑戰，就是如何掌握這種模型的氣氛。

　　這種本質抽象，不是孤立的，它是配合著其他手法表現了某種內在的情感[⑪]。在本劇中，支撐它的情感表現的，就是上述面具的扮演和羅生門式的敘述。這兩種手法，表現了生命內在經

驗的混雜、紊亂、難以辨識。這類情感，透過了前述的本質抽象，獲致一種永恆的形式，透過這種模式，揭示這種困境的必然性，以預示人類普遍都會遭遇的不可避免的命運的意義。這就是透過本質揭露，作品所表現出的作者某種的情感概念。

肆、結論

相信有一理性可把握的本質，相信存在的真實性，這就是過去在藝術中，透過「移情」的手法，引領人能夠直觀世界的本質。然而作者的「世界感」顯然不是這樣子的。

所以他用了種種手法來創造「抽象」的作用，而非「移情」，來表現他對現代人處境的強烈質疑。

「呼吸著二十世紀中工業社會個人主義中的孤絕的空氣。」（馬森，頁一三）的作者明言在創作上「受著西方現代劇與中國現代人的心態的雙重支持。」（馬森，頁二一）然而「現代」這觀念本身卻是相當絞纏錯雜的。所謂「現代」（特別是對以西方文化為現代思潮代表的中國人而言），它承接著上一代原有的傳統的秩序，面對著這一時代現代化（西方文明）的衝擊，同時它也必須承受西方一、二次世界大戰以來對人類理性從目空一切到信心崩潰的經歷，這就是一個現代（中國）人毫無基點的處境。換句話說，這是成為作品抽象化基礎的作者的「世界感」的背景。

　　雖同屬「共相描述」的手法，然而它與荒謬劇的「符號式人物」又有所不同。我們如果從行動的意義來觀察，荒謬劇的「符號式人物」，不僅僅群體的行為與關係是疏離、斷裂而難以理解，甚至個體的行動，也是不規則與矛盾的。也就是說，沒有所謂背後的意義，沒有（提供理解的、作為生命基點的）本質，也沒有詢問，沒有質疑，只有「呈現」，所有的只是這沒有本質的實際樣貌的「呈現」。「符號式人物」不吶喊，不質疑，但它們「說話」及「生活」。說相關或不相關的話，一切偶然或有意的可能性都在其中，是「瑣碎而生活」（賴聲川）。雖然各個行為可能都各別隱藏著巨大或渺小的動機，然而這些動機是極為隨興的，不相關、不能統合的，它們是一起疊合在一個平面來展示的所有可能性。

　　它似乎意味著，人生本來就沒有什麼本質。在這意義上，它的表現方式，是人生平面化的展示（人生本來就是平面的）。它的意義深奧，是在這種平面展示中流溢出來的。

　　而《花與劍》裡的腳色式人物所表現的，還是有個（提供理解的、作為生命基點的）「本質」的概念，

　　這行動以及它必然的命運就是它的本質。

　　現代社會中個人的封閉、吶喊、焦慮與孤絕，要透過某種表現方法去把握。而這種種的心境與感受，正表明了還有著

「現象本質」的分別，只是「本質」無法把握，這就是現代主義經常意識到的表達的困境。這是個什麼樣的本質，我們不可知，但是透過對這困境的彰顯，人可以趨向這本質。

　　而這種本質抽象，與上述複合經驗，一則是理性的自我詢問，則是內在非理性的混沌情狀，恰又形成一種不相容又極端對立的狀態，透過「為存在感受建立概念抽象」所建立的象徵符號，理性與非理性之間的對諍置身其中。

　　這可以抽象的形式表現，隱喻著世界仍有某種本質存在，但不是人的理性可以把握的。唯有透過藝術形式，能夠包容種種非理性的層面，透過這些形式的反詰、質疑，人在其中獲取沉思的空間，尋求理解的可能。透過藝術，理解了浮蕩在理性與非理性的浪潮之中的人，這就是預設了生命本質的一種探索。

　　對真實的不可把握，只能藉助抽象的手法作一種本質性的揭露，運用藝術的非限定性，抽象它的矛盾，安置在可以感知、可以理解的形式中，這是現代藝術家以超越知性與感性對立的理解能力迎拒生命之巨大不安的方法。這是藝術所予人類心靈的棲息之地。

　　異於表現主義，朗格認為，藝術並非為了表現情感而存在。在朗格這種將作品視為表現創作者對人類情感理解深度的觀照下，比較能夠持平地欣賞另一類與「移情」不同的風格典

範──「抽象」。在表現人生獨特的感受力和理解力上，抽象與移情應是無分軒輊的。抽象手法所表現出的一種「睿智」，一種對人生的自覺與某種洞察，在符號形式上，而非內容上所顯的「睿智」，本有著不同於表現情感強度的風格型態，它必須被評論者相應地理解。

（本文作者為成功大學中文所博士）

參考資料

馬森，《腳色》（台北：書林，一九九六）。

馬森，〈腳色式的人物〉（《腳色》，台北：書林，一九九六，頁一至一四）。

馬森，〈文學與戲劇〉（《腳色》，台北：一九九六，頁一五至三三）。

蘇珊・朗格著，劉大基譯，《情感與形式》（台北，商鼎文化，一九九一）。

龍應台，《龍應台評小說》（台北：爾雅，一九八五，頁四五至四九）。

賴聲川，〈《等待》指南〉（聯合副刊，二〇〇一年十月七日）。

注釋

① 這裡所謂的「符號學美學」，主要根據的是美國美學家蘇珊・朗格（Susanne K. Langer）《情感與形式》（*Feeling and Form*）一書中所揭示的藝術觀念。

② 朗格所謂作品表現「情感概念」而非「情感」本身，指的就是這創作者「對人類情感的理解力」。

③ 朗格的符號美學乃是以卡西勒的符號學為基石，卡西勒認為，一切人類的文化活動就是符號活動，人類透過符號的創造，將自身客觀化、對象化，成就可辨識的文化世界。而藝術這個符號形式，就是內在複雜的生命情感經過藝術抽象之後，客觀化、對象化的結果。因此並不是像情感那樣主觀而難以確認，這也就是為何說是表現「情感概念」而非情感。

④ 依朗格的說法，創作者根據選用的素材和獨特的處理方式，建構了作品自身獨有的「幻象模式」，以引領觀賞者採取適當的心理距離，擺脫其他非藝術性目的，以達到藝術欣賞的效果。

⑤ 這種洞察力，也就是朗格稱為「直覺」或「形式直覺」的能力。藝術審美感受就是一個以達到整體形式的洞察為目的開始，「通過沉思漸漸對作品的複雜含義有所瞭解」，而揭示出其含義的過程。（蘇珊・朗格，頁四三九至四四〇）。

⑥ 由於作品是藝術家表現他所理解的人類情感，並且是以符號形式進行表現，那麼作品研究所應關心的便是「怎麼樣的符號表現」，「這種表現如何能成功地指向作者對人類情感的理解」。在此研究立場之下，不僅是理解作品；它的原則，也將延伸到評價的問題。基本上朗格認為：表現力沒有外在的度量標準。沒有能一體適用於群體作品的批評標準。衡量作品優劣的尺度必須從作品中的指令形式開始，才能分析作品的幻覺如何建立，如何構成，以及其涵義如何呈現（蘇珊・朗格，頁四七二）。

⑦ 「他恨我，我也恨他，可是我們卻無法分離。」「也許連恨也沒有的時候才真無法活。」「愛和恨是雙生的一對，有了愛，也就有了恨。」「我恨我不能愛她像愛我自己。」「有時候我可以完全忘了我自己，那時候我感到無比的快樂。可是等到你的母親一站到我的面前，我馬上又回到了我自己。」像這樣愛／恨和自／他關係一樣，這些對立狀態同時也是一體的，不能片面地存在，而它們又同時是生存的基本感受，沒有這些也就沒有了存在。所以在不得不的兩難的選擇中就蘊含了毀滅的命運。

⑧ 「腳色」式人物在這些劇作中所呈現的作用，由於「通過相對關係所顯露的腳色正是一個人存在中最重要的基素。」

（馬森，頁九）特別是本書中所選用的腳色關係大多數是如
「父（母）／子」、「夫／妻」、「男／女」這種種人生基
本的腳色，因此就不是描述人所扮演的社會腳色如何決定了
其存在的樣態，而是意在揭示任何人在這些相對關係下（因
為任何社會性的存在都脫離不了這些腳色的關係），都避免
不了的共通處境。也就是透過這些腳色關係，呈現人類的某
種共通性或必然性。

如本劇中，決定「兒」的存在樣態的，恰恰不是他與父母腳
色間的相對關係，而是人類亙古的難題：愛恨、自他的對
立，以及在過去、現在與未來錯綜模糊關係中的自我認知等
等。而這才構成存在樣態的難以決定的難題，這些難題並不
是因為腳色間的相對關係而來。

⑨ 這「突破表現障礙」的意識，也就是作者在〈序〉中所說
的，從舞台人物來觀照，過去的幾種表現型態都有其片面
性（當然作者本身並不專斷地認為他已完全突破了這些局
限），「腳色」式人物的創造，確有意在加深對人物的透
視，概括對人類的觀照。

⑩ 語言，若看作是作者一種特別的思維和表現方式，那麼，其
實不只在本書劇中，在作者其他作品，包括劇本及小說，也
常見到這種抽離外在實際，表現內心現實的語言特色。而這

就是這種抽象作用的特色，這種語言愈清晰，答案愈顯得絞纏；語調愈熱情，結果愈徒勞，它表現了人物鑽牛角尖式的追問與得不到答案之間的張力。抽象的作用就是在揭露這種探索本質問題的困境。這是異於直觀和移情的文學效果。如龍應台對作者短篇小說〈陽台〉的看法，就顯露出不相應的風範式的問題。對重視直觀和移情的批評家而言，強調「不說話、不流淚，讓具體的事件與人物自然的、有機的譜出戲來」，自然認為「作者似乎就陷在抽象的雲霧裡，進不到有血有肉的具象世界裡來。」（龍應台，頁四五至四九）。

⑪ 藝術中心的符號抽象和科學的符號抽象根本的差異是：後者的形式即是內容本身，而前者則必為表現某種情感概念而存在。因此若是缺乏充分的情感表現的支援，這樣的符號抽象，將流於機械式地單調刻板。

2011年1月北京「愛劇團」演出
——林蔭宇教授的回顧小結

林蔭宇

馬森先生：

對於《花與劍》的排演，我至今無法寫成一篇完整的文章。索性想到哪裡就寫到哪裡。另外，要寫成正式的東西，還得考慮構架與遣詞造句，我寫大白話得了。請勿見笑，望諒。

我是受傳統教育出來的，我一直恪守著這樣的原則：必須認真研究文學劇本（文本），必須瞭解作者的背景，必須尊重作者的創作意圖，這是一。其次，演出者在自己的生活中有著百思千繞於心頭、疑而未解卻又揮之不去的人生課題，這是二。當「二」於「一」中獲得啟示，激起進一步探尋的欲望以及創作的動力，導演便可將其擇定為排演該劇的創作立意。導演的演出立意可以不是作者的原主題（或曰原立意），但不可以南轅北轍，完全不搭界。

　　另外，導演排練前必須有「導演構思」，導演構思並不要求多麼詳盡，起碼要有兩項：演出立意；舞臺處理原則（或曰演出樣式、演出風格）。

　　前一次，我給「愛劇團」指導《週末四重奏》時，與小導演（即在《花與劍》中飾演母親的演員，上海戲劇學院戲劇文學系畢業，現就讀於中央戲劇學院導演系碩士研究生三年級）溝通了兩次，其中一次在我家談了大半天。我們當然談劇本，但不僅僅談劇本，談生活、談情感、談對共同認識的人的看法、談相互之間對遇到的某一社會現象、某一思潮、某一具體事件……的看法，當然最後都會回到劇本上來。後來的排練，小導演工作順利，有她自己自由發揮的天地；我也大致清楚她的走向；相互之間時有溝通；總之，很順利。

　　這一次，我要求導演曹曦（他也是小導演，才二十六歲，比前一個還小。二〇〇六年從中央戲劇學院戲劇文學系本科畢業，在家修習一年，二〇〇八至二〇〇九年在愛爾蘭聖三一學院就讀，二〇〇九年回國，在一個外國人開辦的兒童戲劇教育機構教書）也和我溝通。第一次全是我談，他沒怎麼說話。第二次我請他談談，他只談了「人的社會性之一的扮演性」。我則向他指出一點，即：兒子是主人公，如果沒有兒子的歸來，一切事情都不會發生。劇中，兒子處於主動地位，兒子在不斷地發出行動。

　　曹曦是個好小伙子，熱愛戲劇，很想排戲。這次，他做了件很難的事：

※ 劇本《花與劍》是我選的，此前他聽都沒聽說過。

※ 「鬼」由三個演員、「兒子」由兩個演員飾演，是我定的，他是完全被動地接受的。

※ 五個演員是我一個個面測選定的，他沒有參加演員的挑選。只是有的他以前認識。

　　按照我們這裡的一種說法，曹曦是命題作文，一開始就受著多種箝制，挺難的。他能堅持下來就屬不易。

　　演出效果如同您讀到的網評。觀眾還感到挺震動、挺高興。這就挺夠的了，畢竟他們是非職業演出者。

　　演出效果的令人震撼是劇本自身的力量所致。

　　我是一九八八年第一次接觸到《花與劍》，是指導學生的導演作業。當時我擔任系主任，行政工作忙，指導得不夠，但很喜歡這個劇本。第二次是二○一○年初，給研究生院的藝術碩士班排，都是外省的學生，讀不懂、不太喜歡，按他們的說法是：林老師就喜歡這種神道道的戲。主要他們是來混文憑的，對要花大力氣排戲不願意，就此夭折。第三次就這次，我很想自己排，又一次陰差陽錯失手了。我原來設想用黑紙與白紙來回摺疊成扇子，扇子即可作為定情物的花，合起來也能作

為利器的劍。而黑白扇子可以組合成由曲線分界的黑中有白、白中有黑的太極圖……今後也不太可能有機會了。有些遺憾。

　　寫得很雜、很「水」，請見諒。

　　今天已是大年除夕了。祝您暨夫人、闔家新春快樂！

林蔭宇

2011年1月北京「愛劇團」演出網評之一
選擇還是不選擇？──觀《花與劍》

侯磊

　　原以為，《花與劍》是一部像《花與蛇》那樣的作品，實際上，它比《花與蛇》更給力。在觀劇的現場，完全能讓人想起《俄狄浦斯王》，還有薩特的《禁閉》，不過，作為一部先鋒的小劇場話劇，它不僅有實驗性和開放性，它的思想深度也是很罕有的。

　　有時候覺得，現在的時代沒有什麼思想，彷彿思想早就被說乾淨了一樣。而像《等待戈多》那樣的作品，它所反映出現代人在後工業化社會中的種種焦慮和不安，這樣的作品遠非當代國人能夠不受限制地創作，並且上演推廣的。幸好，這部劇的作者是臺灣的。

　　《花與劍》的主題十分深厚，它直指一些終極的問題，但是，這些問題是沒法解決的。比如國家、情愛、尋找、我是

誰？我從哪裡來？要到哪裡去？在現在這個年代，這些問題更加嚴重，因為，我們都想問個為什麼？在演後談的時候，發現不少女觀眾，都希望在這個迷茫的時代得到一個答案。實際上，這個劇已經給了答案，即──沒有答案。

真正的人生是沒有選擇的，所以，我看過這部戲以後，第一個感覺就是絕望。人生的本質就是絕望的，但是我們誰也不能說，更誰也不能承認，要自己騙著自己活下去，要不然，我們真的不知道有什麼活下去的道理。

說穿了，在這部戲中，不論是選擇哪個，都沒有什麼意義。面對人的一個所屬性的問題，這個問題是無法解決的。想想看，連從耶穌基督，釋迦牟尼，孔子等都沒有解決的問題，我們當代人還能解決麼？

二〇一一年一月十三日

2011年1月北京「愛劇團」演出網評之二
暗色調的《花與劍》──容容評《花與劍》

容容

　　《花與劍》是一部讓我很難寫劇評的戲。跟我們一直以來看慣的那些有完整故事性跟明確人物個性的戲劇很不同呢。情節跟臺詞，都沒有一點點的詼諧搞笑或溫情脈脈成分，整場下來，儘是灰暗。這不是一部減壓戲，如果想被些深沉的東西觸動，有所思考的話可以在這部戲裡盡情沉浸。

　　因為編劇是臺灣作家的關係吧，所以主題是關於人對於自我定位、自我確認的追尋。主人公都很抽象，很概念化，像一個個符號一樣，代入各種情緒而已。性別、身份角色什麼的都不明確。以至於，開始的時候看得我很暈，不明所以……慢慢地，隨著演員們張力十足的表演，才終於看懂了些。

　　上一輩的感情，父親、母親、好友/情人，在愛與恨的邊緣裡掙扎，在愛和不愛的世界裡失神，在愛誰和不愛誰的糾結

裡痛苦，他們或者是他們鬼魂的陳述，每個人都有著不同的版本，讓我分不清現實和想像。宿命般的，或者說編劇以這樣的宿命強調這樣的角色，讓作為下一代的孩子同樣面臨這樣的迷惘、選擇與痛苦。在外漂泊了二十多年的孩子，終於控制不住心底深處強烈的渴求回來故鄉，尋求真實與自我確認了。我很疑惑，那個童年的陰影強大至此了嗎？是因為有著這樣的牽絆，所以，他／她不能在這麼多年的時間裡找尋到屬於自己的幸福歸屬嗎？選擇丘利安或丘麗葉的煩惱也許只是個必須回來的藉口。離開，就是為了回來。兩代人的情感相似得可怕，過去和現在沒有了明確的分野。或許，人類的情感在千百年來沒有更多的進化。

花與劍，愛與恨，生與死，對我們來說放在任何時代之下都是一樣的。

服裝跟面具設計得真好，熾烈的紅與黯然的黑搭配，視覺效果很漂亮。就是從墓中出現時這色調真的很猙獰，腦海中閃現了下鬼片中的厲鬼好像都穿紅衣⋯⋯音效配合情節風格挺給力，只是偶爾聲音太大，蓋過了演員的聲音，小瑕疵吧。

2011年1月北京「愛劇團」演出網評之三
我們從父輩那裡繼承了什麼？──評《花與劍》

　　我是衝著這部劇的海報去的。寧靜而素雅的海報上，裝飾著淺淺的花紋，暗色的背景把三個不太顯眼的白色字體映襯得十分柔和──《花與劍》。這海報看上去簡單卻端莊，像一種尊嚴，你必須以仰視的角度才能感受到它藏於質樸中的低調的華貴。

　　令人欣慰的是，這部劇的內容並沒有辜負海報這深刻的氣場。坐觀全劇，彷彿傾聽平靜的海面下暗流翻滾的沉重而深邃的喑鳴。

　　一個海外漂泊二十年的遊子，在冥冥的召喚中回到埋葬了父親的雙手的墓地，此時的他正在為自己的愛而糾結：他同時愛上了一對兄妹，他把父親留給他的花獻給了妹妹，把父親的遺劍奉給了哥哥，然而他卻無法決定自己究竟應該娶妹妹，還是該嫁哥哥。在父親的墓前，他遇見了他的母親，他請求母

親講述給他上一輩的故事，他想從父母的故事裡找到解決自己煩惱的方法。關於上一輩的故事，母親和父親講述了兩個不同的版本，依稀描摹出二十年前曾經歷過同樣心路糾結的父親的輪廓。花與劍，正如這部劇的名字，從一開始就設好了關於選擇的疑問，整部劇都在試著探尋著答案。對此，母親說，愛誰就選擇誰。父親的答案是，殺死他們兩個。但這似乎都不是最好的方法，選擇了一個就會對另一個念念不忘，而即使殺掉他們兩個，愛也不會消失，反而會折磨終生。或許最好的辦法就是，殺掉自己。沒錯，這是解決所有問題最直接有效的辦法。但伴隨而來的又有新的問題：如果殺掉自己就能解決問題，那麼「我」為什麼存在？「我」為什麼而來？「我」又是如何來到這個世界的？花與劍，或者說是男與女，愛與恨，喜與悲，去與留，沉與浮，紅與黑，罪與罰，生與死……這明明不是一個非黑即白的世界，我們卻為何常常面臨進退兩難的抉擇？話劇並沒有故作深沉地回答我「這就是人生」，而是嚴肅地質問「為什麼要我生？」

　　我們自己常常也搞不清楚，我們為什麼會出生，我們為什麼偏偏生而為人，我們為什麼生而為男人或是女人，我們為什麼生在這個半球，這個國度，這個時代，這個省市，這個街道，這個家庭？我們為什麼要被那兩個我們稱作「父母」的人

所撫養、照顧、教育？如果有一天，你照照鏡子，你忽然發現自己的鼻子像母親的，自己的眼睛像父親的，自己笑的時候習慣掩手的動作和爺爺如出一轍，甚至是自己的性格喜好都能在上三代人裡有跡可循，那是多麼可怕的一件事？在那一刻，你是否會問自己，我為什麼生在這個家庭，或者這個家族裡？冥冥之中是這個家庭安排了我，還是我選擇了這個家庭，而這一切是不是有著某種特殊的用意？如果你能有足夠的耐心去收集自你以前的家庭成員的故事，如果你忽然發現原來你的父親也像話劇裡的父親那樣曾深刻地愛過一對男女，而那個男的卻正好是你母親的情人，而為了消解愛與恨的抗衡，他們選擇了三個人一起死……請試著想像如果你就是劇中的兒子吧，那你該是多麼痛苦啊，你痛苦的不在於找到了如此沉痛的事實，更多的是來自於這種絕望的結局如宿命一般昭示著你接下來的道路。

　　由此及彼地想，也許我們每個人都處在一種宿命的輪迴中呢？在牛頓和達爾文的理論不斷被證明是錯誤的今天，我們的思維點有必要再次站在工業革命之前的時代來重新審視自己：人類從誕生以來，從未進化或是退化，人類的思維能力也從未發生過改變；走在下一個時代的不一定就是先進的，歷史的車輪轟轟轉動，卻不一定是朝向更文明的方向的；整個人類的存在，其實無從談起，卻又不知歸處。務實地講，存於天地自然

之中的我們，是該思考一下，延續著千百年不變血液的我們到底從父輩、祖輩、先輩那裡繼承了什麼？

因為相同的血脈，你能夠像二千年前這片土地上的先哲一樣地思考問題；因為相同的思考，在不同的人身上都會呈現出整個民族相同的氣場；因為相同的氣場，中國人最為看重的陰陽二氣將在每一個人的體內不斷尋求平衡，並以此引導你的生命，絕無例外。「陰與陽」只是用來解釋身體各種複雜難懂的神奇機理的名詞，就像這部話劇中的「花與劍」一般，只是象徵而已。正如每個人都有陰陽二氣一般，每個人也都持有一花一劍。西方學者弗洛姆認為，每個人其實都是雌雄共體的生物，只是有的雄性表徵多一些，有的雌性表徵多一些，所以被分為男人和女人。由此看來，只要是愛，無論這愛從哪兒來，血清素、多巴胺、力比多還是內啡肽，只要是作用於另一個物體的愛，都是自然地、自發地產生。如果這種愛是對人的，無論什麼人，那麼這愛與上一輩、上幾輩，甚至是幾千年前最原始的愛也都是相同的。我們從上一輩、上幾輩那裡所繼承的愛也是永恆不變的。同樣不變的，是與這愛伴隨而來的各種糾結。

往下看去，這種糾結會經過我們的生命，原封不動地傳遞給我們的下一輩，一直到下幾輩。也許二十年後，當他們為同樣的痛苦而糾結時，也會絕望地吶喊著：「我的路在哪裡？」

　　我想這部話劇算得上是實驗性的話劇了。它提出了一個廣泛的、宏大的、形而上的、富有哲思的問題。這個問題其實很簡單，簡單到每個威權的中年人和忙碌的年輕人都不敢、不想、不屑去回答。在當下的社會，人們被驅趕著跑步前進甚至恨不得飛起來地「趕英超美」，過於注重浮於表面的繁華和裝飾性的快樂，忽視了內心的寧靜、認同和歸屬。日本人尚且有「菊與刀」，在事業上銳意進取的同時，保存著恬淡平和的生存心態。那麼，兩手空空的中國人，或許確實需要這樣一把「花與劍」。

引自http://www.douban.com/group/topic/17000258/

馬森著作目錄

一、學術論著及一般評論

《莊子書錄》，台北：台灣師範大學國文研究所集刊，第二
　　期，一九五八年。

《世說新語研究》，台北：台灣師範大學國文研究所，
　　一九五九年。

《馬森戲劇論集》，台北：爾雅出版社，一九八五年九月。

《文化‧社會‧生活》，台北：圓神出版社，一九八六年一月。

《東西看》，台北：圓神出版社，一九八六年九月。

《電影‧中國‧夢》，台北：時報出版公司，一九八七年六月。

《中國民主政制的前途》，台北：圓神出版社，一九八八年七月。

馬森、邱燮友等著《國學常識》，台北：東大圖書公司，
　　一九八九年九月。

《繭式文化與文化突破》，台北：聯經出版社，一九九〇年一月。

《當代戲劇》，台北：時報文化出版社，一九九一年四月。

《中國現代戲劇的兩度西潮》，台南：文化生活新知出版社，
　　一九九一年七月。

《東方戲劇・西方戲劇》（《馬森戲劇論集》增訂版），台南：文化生活新知出版社，一九九二年九月。

《西潮下的中國現代戲劇》（《中國現代戲劇的兩度西潮》修訂版），台北：書林出版公司，一九九四年十月。

馬森、邱燮友、皮述民、楊昌年等著《二十世紀中國新文學史》，板橋：駱駝出版社，一九九七年八月。

《燦爛的星空——現當代小說的主潮》，台北：聯合文學出版社，一九九七年十一月。

《戲劇——造夢的藝術》，台北：麥田出版社，二〇〇〇年十一月。

《文學的魅惑》，台北：麥田出版社，二〇〇二年四月。

《台灣戲劇——從現代到後現代》，台北：佛光人文社會學院，二〇〇二年六月。

《中國現代戲劇的兩度西潮》再修訂版，台北：聯合文學出版社，二〇〇六年十二月。

〈台灣實驗戲劇〉，收在張仲年主編《中國實驗戲劇》，上海：上海人民出版社，二〇〇九年一月，頁一九二——二三五。

《台灣戲劇——從現代到後現代》（增訂版），台北：秀威資訊科技，二〇一〇年十二月。

《戲劇——造夢的藝術》（增訂版），台北：秀威資訊科技，
　　二〇一〇年十二月。
《文學的魅惑》（增訂版），台北：秀威資訊科技，二〇一〇
　　年十二月。
《文學筆記》，台北：秀威資訊科技，二〇一〇年十二月。
《與錢穆先生的對話》，台北：秀威資訊科技，二〇一一年五月。

二、小說創作

馬森、李歐梵《康橋踏尋徐志摩的蹤徑》，台北：環宇出版
　　社，一九七〇年。
《法國社會素描》，香港：大學生活社，一九七二年十月。
《生活在瓶中》（加收部分《法國社會素描》），台北：四季
　　出版社，一九七八年四月。
《孤絕》，台北：聯經出版社，一九七九年九月，一九八六年
　　五月第四版改新版。
《夜遊》，台北：爾雅出版社，一九八四年一月。
《北京的故事》，台北：時報出版公司，一九八四年五月，

一九八六年七月第三版改新版。

《海鷗》，台北：爾雅出版社，一九八四年五月。

《生活在瓶中》，台北：爾雅出版社，一九八四年十一月。

《巴黎的故事》（《法國社會素描》新版），台北：爾雅出版
社，一九八七年十月。

《孤絕》（加收《生活在瓶中》），北京：人民文學出版社，
一九九二年二月。

《巴黎的故事》，台南：文化生活新知出版社，一九九二年二月。

《夜遊》，台南：文化生活新知出版社，一九九二年九月。

《M的旅程》，台北：時報出版公司，一九九四年三月（紅小
說二六）。

《北京的故事》，台北：時報出版公司，一九九四年四月（新
版、紅小說二七）。

《孤絕》，台北：麥田出版社，二○○○年八月。

《夜遊》，台北：九歌出版社，二○○○年十二月。

《夜遊》（典藏版）台北：九歌出版社，二○○四年七月十日。

《巴黎的故事》，台北：印刻出版社，二○○六年四月。

《生活在瓶中》，台北：印刻出版社，二○○六年四月。

《府城的故事》，台北：印刻出版社，二○○八年五月。

《孤絕》（最新增訂本），台北：秀威資訊科技，二○一○年

十二月。

《夜遊》（最新增訂本），台北：秀威資訊科技，二〇一〇年
　　十二月。

《M的旅程》（最新增訂本），台北：秀威資訊科技，二〇
　　一一年三月。

《北京的故事》（最新增訂本），台北：秀威資訊科技，二〇
　　一一年三月。

三、劇本創作

《西冷橋》（電影劇本），寫於一九五七年，未拍製。

《飛去的蝴蝶》（獨幕劇），寫於一九五八年，未發表。

《父親》（三幕），寫於一九五九年，未發表。

《人生的禮物》（電影劇本），寫於一九六二年，一九六三年
　　於巴黎拍製。

《蒼蠅與蚊子》（獨幕劇），寫於一九六七年，發表於
　　一九六八年冬《歐洲雜誌》第九期。

《一碗涼粥》（獨幕劇），寫於一九六七年，發表於一九七七

年七月《現代文學》復刊第一期。

《獅子》（獨幕劇），寫於一九六八年，發表於一九六九年
　　十二月五日《大眾日報》「戲劇專刊」。

《弱者》（一幕二場劇），寫於一九六八年，發表於一九七〇
　　年一月七日《大眾日報》「戲劇專刊」。

《蛙戲》（獨幕劇），寫於一九六九年，發表於一九七〇年二
　　月十四日《大眾日報》「戲劇專刊」。

《野鵓鴿》（獨幕劇），寫於一九七〇年，發表於一九七〇年
　　三月四日《大眾日報》「戲劇專刊」。

《朝聖者》（獨幕劇），寫於一九七〇年，發表於一九七〇年
　　四月八日《大眾日報》「戲劇專刊」。

《在大蟒的肚裡》（獨幕劇），寫於一九七二年，發表於
　　一九七六年十二月三—四日《中國時報》「人間副刊」，
　　並收在王友輝、郭強生主編《戲劇讀本》，台北：二魚文
　　化，頁三六六—三七九。

《花與劍》（二場劇），寫於一九七六年，未發表，收入
　　一九七八年《馬森獨幕劇集》；並選入一九八九《中華現
　　代文學大系》（戲劇卷壹），台北：九歌出版社，頁一
　　〇七—一三五；一九九三年十一月北京《新劇本》第六
　　期（總第六十期）「93中國小劇場戲劇展暨國際研討會

作品專號」轉載，頁十九—廿六；一九九七年英譯本收
入 *Contemporary Chinese Drama*, translated by Prof. David
Pollard, Hong Kong, Oxford university Press, pp. 253-374。

《馬森獨幕劇集》，台北：聯經出版社，一九七八年二月（收
　進《一碗涼粥》、《獅子》、《蒼蠅與蚊子》、《弱
　者》、《蛙戲》、《野鵓鴿》、《朝聖者》、《在大蟒的
　肚裡》、《花與劍》等九劇）。

《腳色》（獨幕劇），寫於一九八〇年，發表於一九八〇年
　十一月《幼獅文藝》三二三期「戲劇專號」。

《進城》（獨幕劇），寫於一九八二年，發表於一九八二年七
　月廿二日《聯合報》副刊。

《腳色》，台北：聯經出版社，一九八七年十月（《馬森獨
　幕劇集》增補版，增收進《腳色》、《進城》，共十一
　劇）。

《腳色——馬森獨幕劇集》，台北：書林出版社，一九九六年
　三月。

《美麗華酒女救風塵》（十二場歌劇），寫於一九九〇年，發
　表於一九九〇年十月《聯合文學》七二期，游昌發譜曲。

《我們都是金光黨》（十場劇），寫於一九九五年，發表於
　一九九六年六月《聯合文學》一四〇期。

《我們都是金光黨／美麗華酒女救風塵》，台北：書林出版
　　社，一九九七年五月。

《陽台》（二場劇），寫於二〇〇一年，發表於二〇〇一年六
　　月《中外文學》三十卷第一期。

《窗外風景》（四圖景），寫於二〇〇一年五月，發表於二
　　〇〇一年七月《聯合文學》二〇一期。

《蛙戲》（十場歌舞劇），寫於二〇〇二年初，台南人劇團於
　　二〇〇二年五月及七月在台南市、台南縣和高雄市演出六
　　場，尚未出書。

《雞腳與鴨掌》（一齣與政治無關的政治喜劇），寫於二〇〇
　　七年末，二〇〇九年三月發表於《印刻文學生活誌》。

《馬森戲劇精選集》（收入《窗外風景》、《陽台》、《我們
　　都是金光黨》、《雞腳與鴨掌》、歌舞劇版《蛙戲》、話
　　劇版《蛙戲》及徐錦成〈馬森近期戲劇〉、陳美美〈馬森
　　「腳色理論」析論〉兩文），台北：新地文學出版社，二
　　〇一〇年三月。

四、散文創作

《在樹林裏放風箏》，台北：爾雅出版社，一九八六年九月。

《墨西哥憶往》，台北：圓神出版社，一九八七年八月。

《墨西哥憶往》，香港：盲人協會，一九八八年（盲人點字書
　　及錄音帶）。

《大陸啊！我的困惑》，台北：聯經出版社，一九八八年七月。

《愛的學習》，台南：文化生活新知出版社，一九九一年三月
　　（《在樹林裏放風箏》新版）。

《馬森作品選集》，台南：台南市立文化中心，一九九五年
　　四月。

《追尋時光的根》，台北：九歌出版社，一九九九年五月。

《東亞的泥土與歐洲的天空》，台北：聯合文學出版社，二
　　〇〇六年九月。

《維城四紀》，台北：聯合文學出版社，二〇〇七年三月。

《旅者的心情》，上海：上海人民出版社，二〇〇九年一月。

《漫步星雲間》（《愛的學習》新版），台北：秀威資訊科

技，二〇一一年四月。

《大陸啊！我的困惑》，台北：秀威資訊科技，二〇一一年四月。

《台灣啊！我的困惑》，台北：秀威資訊科技，二〇一一年五月。

五、翻譯作品

馬森、熊好蘭合譯《當代最佳英文小說》導讀一（用筆名飛
　　揚），台南：文化生活新知出版社，一九九一年七月。

馬森、熊好蘭合譯《當代最佳英文小說》導讀二（用筆名飛
　　揚），台南：文化生活新知出版社，一九九一年十月。

《小王子》（原著：法國・聖德士修百里，譯者用筆名飛
　　揚），台南：文化生活新知出版社，一九九一年十二月。

《小王子》，台北：聯合文學，二〇〇〇年十一月。

六、編選作品

《七十三年短篇小說選》，台北：爾雅出版社，一九八五年
　　四月。

《樹與女──當代世界短篇小說選（第三集）》，台北：爾雅
　　出版社，一九八八年十一月。

馬森、趙毅衡合編《潮來的時候──台灣及海外作家新潮小說
　　選》，台南：文化生活新知出版社，一九九二年九月。

馬森、趙毅衡合編《弄潮兒──中國大陸作家新潮小說選》，
　　台南：文化生活新知出版社，一九九二年九月。

馬森主編，「現當代名家作品精選」系列（包括胡適、魯迅、
　　郁達夫、周作人、茅盾、丁西林、沈從文、徐志摩、丁
　　玲、老舍、林海音、朱西甯、陳若曦、洛夫等的選集），
　　台北：駱駝出版社，一九九八年六月。

馬森主編《中華現代文學大系一九八九──二〇〇三・小說
　　卷》，台北：九歌出版社，二〇〇三年十月。

七、外文著作

1963   *L'Industrie cinémathographique chinoise après la sconde guèrre mondiale*（論文）,Institut des Hautes Études Cinémathographiques, Paris.

1965   "Évolution des caractères chinois" , *Sang Neuf*（Les Cahiers de l'École Alsacienne, Paris）, No.11,pp.21-24.

1968   "Lu Xun, iniciador de la literatura china moderna" ,*Estudio Orientales*, El Colegio de Mexico, Vol. III,No.3,pp.255-274.

1970   "Mao Tse-tung y la literatura:teoria y practica" , *Estudios Orientales*, Vol.V,No.1,pp.20-37.

1971   "La literatura china moderna y la revolucion" , *Revista de Universitad de Mexico*, Vol.XXVI, No.1, pp.15-24.

       "Problems in Teaching Chinese at El Colegio de Mexico" , *Journal of the Chinese Language Teachers Association in North America*, Vol.VI, No.1, pp.23-29.

La casa de los Liu y otros cuentos（老舍短篇小說西譯選編），El Colegio de Mexico, Mexico, 125p.

1977　　*The Rural People's Commune 1958-65: A Model of Social and Economic Development* (Dissertation of Ph.D. of Philosophy at University of British Columbia, Canada).

1979　　"Water Conservancy of the Gufengtai People's Commune in Shandong" (25-28 May , The Annual Conference of Association for Asian Studies).

1981　　"Kuo-ch'ing Tu: *Li Ho* (Twayne's World Series), Boston, Twayne Publishers, 1979" , *Bulletin of SOAS*, University of London, Vol. XLIV, Part 3, pp.617-618.

　　　　"*The Drowning of an Old Cat and Other Stories*, by Hwang Chun-ming (translated by Howard Goldblartt), Bloomington, Indiana University Press,1980", *The China Quarterly*, 88, Dec., pp.707-08.

1982　　"Jeanette L. Faurot (ed.): *Chinese fiction from Taiwan: Critical Perspectives*, Bloomington: Indiana University Press, 1980", *Bulletin of the SOAS*, Unversity of London, Vol. XLV, Part 2, pp.383-384.

"Martine Vellette-Hémery: *Yuan Hongdao (1568-1610):* *théorie et pratique littéraires*,Paris, Collège de France, Institut des Hautes Études Chinoises, 1982", *Bulletin of the SOAS*, Unversity of London, Vol. XLV, Part 2, p.385.

1983   "Nancy Ing (ed.): *Winter Plum: Contemporary Chinese Fiction*, Taipei, Chinese Nationals Center,1982", *The China Quarterly*, pp.584-585.

1986   "*Contemporary Chinese Literature: An Anthology of Post-Mao Fiction and Poetry*, edited with an Introduction by Michael S. Duke for the Bulletin of Concerned Asian Scholars, New York and London, M. E. Sharpe Inc., 1985", *The China Quarterly*, pp.51-53.

1987   "L'Ane du père Wang" , *Aujourd'hui la Chine*, No.44, pp.54-56.

1988   "Duanmu Hongliang: *The Sea of Earth*, Shanghai, Shenghuo shudian, 1938", *A Selective Guide to Chinese Literature 1900-1949*, Vol.1 The Novel, edited by Milena Dolezelova-Velingerova, E. J. Brill, Leiden. New York, KØbenhavn Köln, pp.73-74.

"Li Jieren: *Ripples on Dead Water*, Shanghai, Zhong

hua shuju, 1936", *A Selective Guide to Chinese Literature 1900-1949*, Vol.1, The Novel, edited by Milena Dolezelova-Velingerova, E. J. Brill, Leiden. New York, KØbenhavn Köln, pp.116-118.

"Li Jieren: *The Great Wave*, Shanghai, Zhong hua shuju, 1937", *A Selective Guide to Chinese Literature 1900-1949*, Vol.1, The Novel, edited by Milena Dolezelova-Velingerova, E. J. Brill, Leiden. New York, KØbenhavn Köln, pp.118-121.

"Li Jieren: *The Good Family*, Shanghai, Zhonghua shuju, 1947", *A Selective Guide to Chinese Literature 1900-1949*, Vol.2, The Short Story, edited by Zbigniew Slupski, E. J. Brill, Leiden. New York, KØbenhavn Köln, pp.99-101.

"Shi Tuo: *Sketches Gathered at My Native Place*, Shanghai, Wenhua shenghuo chu banshee, 1937", *A Selective Guide to Chinese Literature 1900-1949*, Vol.2, The Short Story, edited by Zbigniew Slupski, E. J. Brill, Leiden. New York, KØbenhavn Köln, pp.178-181.

"Wang Luyan: *Selected Works by Wang Luyan*,

Shanghai, Wanxiang shuwu, 1936",
A Selective Guide to Chinese Literature 1900-1949,
Vol.2, The Short Story, edited by Zbigniew Slupski, E. J.
Brill, Leiden. New York, KØbenhavn Köln, pp.190-192.

1989　"Father Wang's Donkey" (translated by Michael
Bullock), *PRISM International*, Canada, Vol.27,
No.2, pp.8-12.

"The Theatre of the Absurd in Mainland China: Gao
Xingjian's *The Bus Stop*", *Issues & Studies*, National
Chengchi University, Vol.25, No.8, pp.138-148.

1990　"The Celestial Fish" (translated by Michael
Bullock), *PRISM International*, Canada, January
1990, Vol.28, No.2, pp.34-38.

"The Anguish of a Red Rose" (translated by Michael
Bullock), *MATRIX* (Toronto, Canada), Fall 1990,
No.32, pp.44-48.

"Cao Yu: *Metamorphosis*, Chongqing, Wenhua
shenghuo chubanshe, 1941", *A Selective Guide to
Chinese Literature 1900-1949*, Vol.4, The Drama,
edited by Bernd Eberstein, E. J. Brill, Leiden. New

York, KØbenhavn Köln, pp.63-65.

"Lao She and Song Zhidi: *The Nation Above All*, Shanghai Xinfeng chubanshe, 1945",*A Selective Guide to Chinese Literature 1900-1949*, Vol.4, The Drama, edited by Bernd Eberstein, E. J. Brill, Leiden. New York, KØbenhavn Köln, pp.164-167.

"Yuan Jun: *The Model Teacher for Ten Thousand Generations*, Shanghai, Wenhua shenghuo chubanshe, 1945", *A Selective Guide to Chinese Literature 1900-1949*, Vol.4, The Drama, edited by Bernd Eberstein, E. J. Brill, Leiden. New York, KØbenhavn Köln, pp.323-326.

1991   "The Theatre of the Absurd in Mainland China: Kao Hsing-chien's *The Bus Stop*" in Bih-jaw Lin（ed.）, *Post-Mao Sociopolitical Changes in Mainland China: The Literary Perspective*, Institute of International Relations, National Chengchi University, Taipei, pp.139-148.

"Thought on the Current Literary Scene", *Rendition* （A Chinese-English Translation Magazine）, Nos.35

& 36, Spring & Autumn 1991, pp.290-293.

1997　　*Flower and Sword* (Play translated by David E. Pollard) in Martha P.Y. Cheung & C.C. Lai (ed.), *Contemporary Chinese Drama*, Hong Kong, Oxford University Press, pp.353-374.

2001　　"The Theatre of the Absurd in China: Gao Xingjian's *Bus-Stop*" in Kwok-kan Tam (ed.), *Soul of Chaos: Critical Perspectives on Gao Xingjian*, Hong Kong, The Chinese University Press, pp.77-88.

2006　　二月，《中國現代演劇》（《中國現代戲劇的兩度西潮》韓文版，姜啟哲譯），首爾。

八、有關馬森著作（單篇論文不列）

龔鵬程主編：《閱讀馬森——馬森作品學術研討會論文集》，台北：聯合文學，二〇〇三年十月。

石光生著：《馬森》（資深戲劇家叢書），台北：行政院文化建設委員會，二〇〇四年十二月。

美學藝術類　PH0050

花與劍

作　　　者／馬　森
主　　　編／楊宗翰
責任編輯／孫偉迪
圖文排版／蔡瑋中
封面設計／陳佩蓉

發 行 人／宋政坤
法律顧問／毛國樑　律師
印製出版／秀威資訊科技股份有限公司
　　　　　114台北市內湖區瑞光路76巷65號1樓
　　　　　電話：+886-2-2796-3638　傳真：+886-2-2796-1377
　　　　　http://www.showwe.com.tw
劃撥帳號／19563868　戶名：秀威資訊科技股份有限公司
　　　　　讀者服務信箱：service@showwe.com.tw
展售門市／國家書店（松江門市）
　　　　　104台北市中山區松江路209號1樓
　　　　　電話：+886-2-2518-0207　傳真：+886-2-2518-0778
網路訂購／秀威網路書店：http://www.bodbooks.com.tw
　　　　　國家網路書店：http://www.govbooks.com.tw
圖書經銷／紅螞蟻圖書有限公司
　　　　　114台北市內湖區舊宗路二段121巷28、32號4樓
　　　　　電話：+886-2-2795-3656　傳真：+886-2-2795-4100

2011年9月BOD一版
定價：350元
版權所有　翻印必究
本書如有缺頁、破損或裝訂錯誤，請寄回更換

國家圖書館出版品預行編目

花與劍 / 馬森著. -- 一版. -- 臺北市 : 秀威資訊科技,
　2011. 09
　　面； 公分. -- （美學藝術 ; PH0050）
　BOD版
　ISBN 978-986-221-815-0（平裝）

854.6　　　　　　　　　　　　100015067

讀者回函卡

感謝您購買本書，為提升服務品質，請填妥以下資料，將讀者回函卡直接寄回或傳真本公司，收到您的寶貴意見後，我們會收藏記錄及檢討，謝謝！如您需要了解本公司最新出版書目、購書優惠或企劃活動，歡迎您上網查詢或下載相關資料：http:// www.showwe.com.tw

您購買的書名：＿＿＿＿＿＿＿＿＿＿＿＿＿＿＿＿＿＿＿＿＿＿＿＿＿＿＿

出生日期：＿＿＿＿＿＿年＿＿＿＿＿＿月＿＿＿＿＿＿日

學歷：□高中 (含) 以下　　□大專　　□研究所 (含) 以上

職業：□製造業　□金融業　□資訊業　□軍警　□傳播業　□自由業
　　　□服務業　□公務員　□教職　　□學生　□家管　　□其它＿＿＿＿

購書地點：□網路書店　□實體書店　□書展　□郵購　□贈閱　□其他

您從何得知本書的消息？

　　□網路書店　□實體書店　□網路搜尋　□電子報　□書訊　□雜誌

　　□傳播媒體　□親友推薦　□網站推薦　□部落格　□其他＿＿＿＿＿＿

您對本書的評價：（請填代號　1.非常滿意　2.滿意　3.尚可　4.再改進）

　　封面設計＿＿＿　版面編排＿＿＿　內容＿＿＿　文／譯筆＿＿＿　價格＿＿＿

讀完書後您覺得：

　　□很有收穫　□有收穫　□收穫不多　□沒收穫

對我們的建議：＿＿＿＿＿＿＿＿＿＿＿＿＿＿＿＿＿＿＿＿＿＿＿＿＿＿＿

＿＿＿＿＿＿＿＿＿＿＿＿＿＿＿＿＿＿＿＿＿＿＿＿＿＿＿＿＿＿＿＿＿＿＿

＿＿＿＿＿＿＿＿＿＿＿＿＿＿＿＿＿＿＿＿＿＿＿＿＿＿＿＿＿＿＿＿＿＿＿

＿＿＿＿＿＿＿＿＿＿＿＿＿＿＿＿＿＿＿＿＿＿＿＿＿＿＿＿＿＿＿＿＿＿＿

11466
台北市內湖區瑞光路 76 巷 65 號 1 樓

秀威資訊科技股份有限公司 　　收

BOD 數位出版事業部

....

（請沿線對折寄回，謝謝！）

姓　　名：＿＿＿＿＿＿＿＿＿　年齡：＿＿＿＿＿　性別：□女　□男

郵遞區號：□□□□□

地　　址：＿＿＿＿＿＿＿＿＿＿＿＿＿＿＿＿＿＿＿＿＿

聯絡電話：(日) ＿＿＿＿＿＿＿＿＿＿＿　(夜) ＿＿＿＿＿＿＿＿＿＿＿

E-mail：＿＿＿＿＿＿＿＿＿＿＿＿＿＿＿＿＿＿＿＿＿